내 안에는 해피니스 폴더가 있다

내 안에는 해피니스 폴더가 있다

이시형 지음

초판 1쇄 발행 · 2007. 7. 16.
초판 4쇄 발행 · 2013. 9. 20.

발행처 · 청아출판사
발행인 · 이상용 이성훈

등록번호 · 제 9-84호
등록일자 · 1979. 11. 13.

경기도 파주시 교하읍 문발리 출판문화정보산업단지 507-7 우편번호 413-832
대표 031-955-6031 편집부 031-955-6032 팩시밀리 031-955-6036

Copyright ⓒ 2007 by 이시형
저자의 허락 없이 내용의 일부를 인용하거나 발췌하는 것을 금합니다.

* 값은 뒤표지에 있습니다. * 잘못된 책은 바꾸어 드립니다.

ISBN 978-89-368-0363-6 03800

독자 의견에 항상 귀 기울이고 있습니다.
홈페이지 : www.chungabook.co.kr
E-mail : chunga@chungabook.co.kr

내 안에는 해피니스 폴더가 있다

| 이시형 지음 |

마음의 쉼표를 찾아주는 생활 에세이

청아출판사

프롤로그

'왜 이러고 살지?'

더러는 이런 생각이 들 적이 있습니다. 불행해야 할 이유가 굳이 있는 것도 아닌데 우린 행복하지 않습니다. 절대 빈곤의 시대도, 전시도 아닌 이 평화롭고 풍요로운 시대에, 도대체 왜 이럴까요?

내 진단은 간단합니다. 첫째, 우린 너무 바빠서 행복을 느낄 여유가 없는 게 문제입니다. 연인들이 만나 격정적인 사랑을 나눌 때는 행복을 느낄 틈도 없습니다. 격정의 순간이 지나 조용히 마주 보고 앉으면, 그제야 아련한 행복감이 밀려옵니다. 행복의 물결은 너무 잔잔하고 부드러워서 바쁘고 격한 마음에는 미처 느껴지지 않습니다.

둘째, 우리는 너무 생각이 많습니다. 우린 어느 한순간도 생각하지 않고는 안 되는 '생각 중독증'에 빠져 있습니다. 더구나 문제는 생각의 내용입니다. 오지도 않은 미래를 걱정하고 지난 일을 후회합니다. 이건 행복과는 거리가 먼 이야기입니다.

내가 이 글을 쓴 건 좀 천천히 가자는 뜻입니다. 생각 좀 덜하자는 겁니다. 그래서 행복이 머물 마음의 여백을 만들자는 겁니다.

바쁘게 쫓기는 출근길엔 즐거운 새소리도 들리지 않습니다. 길가에 앙증맞게 핀 들꽃도 보이지 않습니다. 머릿속엔 온통 오늘 할 일로 가득 찼으니, 걱정 이외에 달리 무슨 느낌이 있을 리 없습니다. 이런 일상이 계속되다 보면 피곤하고 지칠 수밖에 없습니다.

나는 정신과 임상의로서 아침 출근길 전철 풍경을 보노라면 슬픈 생각이 들곤합니다. 반은 졸고 있습니다. 그 지친 표정이라니! 마치 격전을 치룬 패잔병의 모습입니다. 퇴근길도 이럴 순 없을 텐데, 하루의 출발이 이래서야 이게 어찌 사는 겁니까.

행복은커녕 당장 건강에 적신호가 옵니다. 한국 성인의 62.3퍼센트가 반 건강이거나 이미 질병 상태라는 보험 공단의 보고, 읽어보셨나요? 한국 40대 남성의 51퍼센트가 고혈압 환자거나 아니면 예비생이라니! 이건 예삿일이 아닙니다. 암, 당뇨, 비만, 심장, 간장…, 이 모든 생활습관병의 주범은 따지고 보면 우리의 급한 마음입니다. 이게 가장 악질입니다.

마음이 급하고 쫓기는 기분이 되면 어떨까요. 미움, 분노는 심신의 안정 상태를 파괴하고, 결국 몸도 마음도 제대로 돌아갈 수가 없습니다.

은퇴를 앞둔 원로 의사로서 이걸 두고 그냥 갈 순 없습니다. 이걸 개선해야 건강하고 행복한 시민이 될 수 있습니다. 이것이 내가 깊은 산골에 건강 마을을 지어야 했던 사연입니다. 한 템포만 느리게! 2분, 3분도 멈출 여유가 없다는 바쁜 현대인에게 잠시의 여유를 만들자는 뜻입니다. 그래야 삶의 맛을, 그리고 멋을 느낄 수 있습니다.

이 작은 책은 그런 여유를 위한 '삶에의 힌트'를 담았습니다. 쉬엄쉬엄 뒤적이노라면 잠시 차분한 상념에 잠길 수 있습니다. 그리하여 내 삶을 돌아볼 계기가 되었으면 좋겠습니다.

워낙 못 살았으니까 그렇겠지요, 우린 너무 행복에 인색한 백성입니다. 행복이란 사치스런 것, 이기적인 것, 심지어 죄책감까지 들기도 합니다. 하지만 이제 모든 기준은 행복입니다. 이 이야기들이 행복의 길잡이가 되었으면 좋겠습니다. 거창한 이야기가 아닙니다. 우리 일상에 지천으로 널린 이야기들입니다. 다만 못 보고 못 듣고 못 느낄 뿐입니다.

 이 책에 자주 등장하는 선 마을은 우리가 준비하고 있는 건강 캠프이기도 하며, 누구나에게 필요한 이상향이기도 하며, 이미 마음속에 존재하고 있는 '해피니스 폴더'이기도 합니다.

 마음만 열면 됩니다. 그리하여 우리 모두의 마음속에 가득가득 행복이 담겼으면 좋겠습니다.

 이 책이 나오기까지 문화포럼 회원을 비롯해 내게 많은 이야기를 들려주신 분들께 먼저 감사를 드려야겠습니다. 그리고 언제나처럼 내 사색의 산실을 만들어주신 허브나라 가족들의 따뜻한 배려도 잊을 수 없습니다. 힐리언스 선 마을 가족, 멋진 삽화를 그려주신 지현경 님, 출판 편집을 맡아주신 홍은아 님, 김영애 님께도 감사드립니다.

2007년 6월
선 마을 촌장 이시형

차례

제3장 사색을 위한 해피니스 폴더

제4장 자연을 위한 해피니스 폴더

제5장 새 희망을 위한 해피니스 폴더

여기 즐거움이 있다.
저기 더없는 행복이 있다.
저것을 잡으려느냐?
이것을 놓아라.
- 붓다 -

제1장

나를 위한
해피니스 폴더

생각이 운명을 보호한다

뇌는 우리가 어떤 생각을 하느냐에 따라 그 분비물질을
결정합니다. 나쁜 생각을 하면 나쁜 스트레스 물질이,
좋은 생각을 하면 행복한 쾌감 물질이 분비됩니다.
우리 몸은 이 생각의 루트에 충실합니다. 일단
만들어진 물질에 대해 우리 몸의 모든 세포나 장기는
절대 복종하게 되어있습니다.
자신을 계속 싫어하거나 미워하면 유전자 속의 파괴적
호르몬이 계속 분비되어 인간을 죽음으로
밀어붙입니다. 유전자는 우리를 살리려고 하는 일뿐
아니고 죽이려는 일도 합니다. apotosis, 세포사(死)가
일어나 끝내 죽고 맙니다. 인류에 도움이 안 되는
생각을 하는 인간은 배제하려고 하는 무서운 일을 하는
게 유전자입니다.

유전자의 냉혹함은 우리 상상을 초월합니다.

결론은 분명해졌습니다. 좋은 생각을 해야 합니다.

미국의 심리학자 제임스는 '우리 시대 최대의 발견은
생각을 바꿈으로써 인생을 바꿀 수 있다는 것'이라고
했습니다.

셀리그만도 '지난 세기 심리학의 위대한 발견은 사람이
생각을 자유롭게 선택 할 수 있다는 것'이라 했습니다.

우리는 과거를 되돌릴 순 없지만 그 과거를 어떻게 볼
것인가 하는 생각은 바꿀 수 있습니다.

이제 남은 건 당신의 선택입니다.

마음의 사색 길을 걸으며 당신이 어떤 생각을 하게 될지
궁금합니다.

생각보다 앞서는 건 감각이다

학술적 논쟁을 위해 이 둘을 구분해 보자는 뜻이
아닙니다. 다만 생각을 너무 많이 하고, 감각을
무시하는 대한민국 중년 남성을 위해 씁니다.
우선 이 둘은 서로가 반대기능을 합니다. 수학문제를
풀면서 먹는 케이크는 맛이 어떤지도 모릅니다. 생각이
감각을 억제하기 때문입니다. 달콤한 케이크 맛에 취해
있노라면 수학문제가 풀리지 않습니다. 이건 감각이
생각을 밀어내는 경우입니다.
감각은 감성이, 생각은 지성이 맡습니다. 따라서 어느
쪽을 쓰느냐에 따라 뇌의 활동부위가 달라집니다.
감각적일 때 뇌파는 알파(α)파로 되어 느리고
규칙적이며 마음이 조용히 움직입니다.
생각은 베타(β)파, 빠르고 산만하며 마음 역시 바빠져

1분에 수백까지 생각을 합니다.

감각은 지금 입안의 케이크 맛, 즉 현재에 있는 반면,

생각은 미래의 걱정, 과거의 후회에 머물러있습니다.

감각의 세계가 아름답고 평화적이라면 생각은 근심,

경쟁이 주제입니다.

치열한 경쟁으로 바쁜 현대인은 너무도 많은 생각으로

뇌를 혹사하고 있습니다.

해피니스 폴더가 더 커지려면 아무래도 생각보다는

감각에 무게를 더 두는 게 낫지 않을까요.

토끼 사회에는 거북이가 바보인가

둘이 달리기 경주를 했습니다. 원전에는 느림보
거북이가 이기는 걸로 되어 있습니다.

토끼는 거북이를 얕잡아 보고 도중에 한 숨 자는 사이
그만 지고 말지요.

하지만 누가 그걸 믿으랴. 아무렴 그 날쌘 토끼를 이겨
낼 순 없지요. 한데 왜 이솝은 거북이가 이기는 걸로
했을까요? 작가 브루크너의 해석이 재미있습니다.

이솝도 토끼가 이긴다는 건 알고 있습니다.

그러나 녀석은 워낙 빨리 달리기 때문에 그의 이야기를
읽어 줄 겨를이 없다는 거죠. 자기 책을 읽어 줄 녀석은
아무래도 느림보 거북이지요. 해서 거북이가 이기는
걸로 했다는 것입니다.

바쁘게 달리기만 하는 토끼들의 사회. 그곳에서는

거북이가 바보일까요? 토끼가 바보일까요?

좀 슬픈 이야기죠.

이젠 우리 스스로에게 토끼와 거북이, 어느 쪽이 되고

싶은지 진지하게 물어봐야 할 시점인 것 같습니다.

행복의 여신의 눈물

행복의 여신이 엉엉 울면서 하늘나라로 돌아왔습니다.

하느님이 깜짝 놀라 묻습니다.

"웬일이냐? 세상에 내려가서 사람들을 행복하게

해주라고 보냈거늘!"

"저도 그러려고 최선을 다했지만 안 돼요.

사람들은 저를 문안에 들여 놓지도 않습니다.

따라다니면서 내가 여기 있노라고 해도 아예

거들떠보지도 않아요.

요즈음은 아주 작당을 했는지 저를 왕따 시키는 걸요."

하느님은 행복의 여신의 어깨를 다독거리며

위로했습니다.

하지만 하느님도 이 사태를 어떻게 해결해야 할지 깊은

고민에 빠졌습니다.

당신은 행복의 여신을 어떻게 대했는지 궁금합니다.

설마 울려 돌려보내진 않았겠지요.

텅 빈 충만

제가 있는 선 마을의 마당을 보노라면 어릴 적 고향집
안마당 생각이 납니다. 여느 때는 텅 빈 채로입니다.
그러다 여름날 저녁 멍석을 깔면 식당이 되고, 고모가
시집가는 날 천막을 치니 예식장이 되고 잔치마당이
됩니다. 가을걷이가 시작되면 마당 가득 타작을 하고,
고추, 참깨를 널어 말리기도 합니다. 그리곤 아이들의
놀이터도 되고….
마당은 비어 있기에 온갖 것으로 그득 채울 수 있는 것
같습니다. '텅 빈 충만'이란 뜻이 이해가 될 듯도
합니다. 비워야 새 것이 들어 올 수 있습니다. 많이
비울수록 많이 들어 올 수 있겠지요.
생각해 보면 아주 간단명료한 이치인데….

말로 반복하면

나는 글을 한 꼭지 쓰고 나면 "아, 역시 난
천재야!" 하고 외칩니다. (물론 혼자 있을 때죠)
순간 지겨운 생각도 사라지고 다음 쓸 글의 내용이
샘솟듯 머리에 떠오릅니다. 신기한 효과가 나타납니다.
미인의 비결은 미인이라 믿는 것에 있습니다. 생각과
상상대로 몸이 반응하기 때문입니다. 이를 더 강화하는
게 소리내어 하는 말입니다. 긍정적인 말을 계속하면
그게 자기 감성에 기분 좋게 들리고 차츰 몸도 거기에
따라 반응하게 됩니다.
말 속에 언령(言靈)이 깃들어 있다는 학자도 있습니다.
그냥 속으로 하는 생각보다 말로 하면 뇌의 울림이
다릅니다. 옛 선비들은 꼭 소리를 내어 책을
읽었습니다.

새 양복을 입으면 기분이 좋습니다. 자세도 반듯하고
어깨도 펴집니다. 이때, "야, 괜찮다."고 크게 말을 하면
더욱 효과적입니다.

우리 마을 손님 중 한 분은 한 나이 젊어진 얼굴을 거울에
보고 "야, 너 아직 괜찮아. 장가 한 번 더 갈 수 있겠어."
이 말이 절로 나왔다고 합니다. 그날 하루종일 얼마나
기분이 좋았던지 콧노래가 절로 나오더라는데요.

영화의 클라이맥스

영화의 묘미는 뭐니 해도 클라이맥스죠. 숨을 죽여
가며 이 순간을 기다려왔습니다. 눈물, 감동, 행복….
한데 이 클라이맥스가 영화 중간에 오는 경우도 더러
있습니다. 끝인가 보다 하고 일어설 차비를 하는데
스토리가 또 이어집니다. 영 김이 빠집니다.
사람도 일찍 스포트라이트를 받는 젊은 행운아가 더러
있습니다.
부럽죠. 하지만 걱정은 그의 인생 후반입니다.
"나도 한때는!" 이 생각 때문에 그 이후 그의 인생은
불행의 연속이 됩니다. 물론 다른 사람에 비해
그만하면 괜찮은데도 옛날 그 영광의 순간을
생각하노라니!
그러기에 아직도 못해 본 게 많을수록 인생은

화려합니다. 못해봤기에 한이 되느냐, 아니면 앞으로 해

볼 기대와 흥분에 들뜰 것인가, 그건 전적으로 우리

선택이요, 우리 생각에 달렸습니다.

내 인생의 클라이맥스가 되기엔 우린 아직 젊습니다.

당신은 지금 어디에 와 있는지요?

설마하니 옛날 명함을 들고 다니진 않겠지요.

스스로 결심해야

모든 교육의 원리는 강제로 시켜선 오래 안 간다는
겁니다. 스스로 느껴서 결심하게 해야 한다는 것이
우리 선 마을의 치유 원칙입니다. 병원에서 의사가
하는 교육은 대체로 위협이나 협박입니다. 술 안
끊으면 죽어요, 체중 안 줄이면 심장병, 운동 안하면
고혈압, 많이 먹으면 복부비만 등등….
물론 이런 위협에 환자들은 겁이 덜컥 날 수밖에
없지요. 실은 이게 위협이 아니고 사실입니다만.
네! 그러겠노라고 다짐은 하지만 그만 작심삼일, 오래
가질 못합니다. 이러한 외발적(外發的) 동기 부여가
오래 가지 못한다는 건 경험 많은 의사들은 다 알고
있습니다. 그래도 당장 손쉬운 게 협박입니다.
우리 마을의 치유 원칙은 자발성입니다. 스스로 느껴서

고쳐야겠다는 생각을 갖게 하자는 겁니다. 엄격한 통제나 강제 규정은 없습니다. 본인 스스로 느끼게 하는 소위 내발적(內發的) 동기 부여가, 시작은 힘들지만 일단 시작하면 성공률이 높습니다. 그게 느리지만 확실한 길이란 걸 우리는 알고 있습니다.

소박한 마음과의 만남

무대 연기자나 가수의 의상은 대단히 요란스럽고
복잡합니다. 화장이나 헤어스타일도 너무 현란해서
보는 사람에게 현기증을 일으키게 합니다.

길에서도 마치 무대 의상처럼 화려하고 복잡한 화장을
한 사람을 더러 만나게 됩니다. 저러고 주의가
산만해서 어떻게 살까 걱정이 되기도 합니다.

근년엔 대체로 단순한 쪽으로 기울고 있는 것
같습니다. 복잡하고 요지경 같은 세상에의 반발일 수도
있겠습니다. 단출하고 단아한 모습이 한결 안정감이
있고 차분해서 좋습니다.

별다른 장식도 가구도 없는, 단출 소박한 우리 마을이
그리고 작은 방이 마음에 들었으면 좋겠습니다.

멈춤의 힘

힘은 멈춤에서 나옵니다.

골프를 해본 사람이면 쉽게 이 말에 공감을 하게
됩니다. 스윙의 정상에선 잠시 멈추어야 좋은 샷이
나옵니다. 심호흡을 할 때의 호기와 흡기 사이에도
얼마간의 멈춤이 있을 때 힘이 생깁니다. 뭔가 힘을
들여야 할 때도 우린 호흡을 멈춥니다.

음악도 쉼이 있어야 그 여운을 즐길 수 있습니다. 춤도
정지의 순간이 없으면 춤이 성립되지 않습니다. 추는
동작보다 어쩌면 그 정지의 순간에 더욱 긴장감이 있고
힘이 넘칩니다.

우리 삶에도 잠시의 멈춤이 힘을 만들어 줍니다.

일상으로부터의 멈춤.

달리는 것보다 더 필요한 생활의 힘입니다.

그 누구도 아닌 나를 만나야

기왕이면 시원한 바닷가나 전망 좋은 확 트인 곳으로
마을을 정할 것이지 왜 이런 깊은 산골에 들어왔는지
묻는 사람들이 많습니다. 물론 그런 곳은 속이
시원해서 좋습니다. 그러나 거기엔 심리적으로
'ego-out', 자아가 저 멀리 밖으로 나가기 때문에 나를
돌아 볼 수 있는 자성의 기회가 생기지 않습니다.
제가 깊은 산골에 마을을 만든 까닭은 '나를 만나는
시간'을 갖기 위해서입니다. 숲 속에선 'ego-in'의
심리 상태가 절로 되기 때문입니다. 바쁜 일상에
쫓기다 보면 우린 거의 '나를 잊고' 살아가기
십상입니다. 나를 돌아 볼 잠시의 여유가 없습니다.
이대로 가면 되는 건지, 잘 가고 있는 건지 조용히
생각해 볼 시간도 미처 없습니다. 아니면 아예 나를

만나기가 두려워 피하는 사람도 있습니다.

늙은 여배우가 거울을 멀리하듯 자신의 추한 모습을

떠올리기조차 싫을 수도 있을 겁니다.

뭔가 떳떳치 못한 구석, 후회, 자책, 창피 이런 것들이

싫어 더 자기를 바쁘게 만드는 사람도 있고 아예 술에

젖는 사람도 있습니다. 그러다 어느 날 쓰러지는

사람도 적지 않습니다. 신체적으로 정신적으로 완전히

무너지는 사람도 보았습니다.

그래서 하는 말입니다. 한 번쯤 나를 돌아보고 나를

만나는 시간을 가져보자는 겁니다. 싫든 좋든 내

모습을 찬찬히 들여다보자는 겁니다. 내가 지금 어디로

가고 있는지 이대로 가면 되는 것인지 쯤은 알아야 할

것 아닌가요?

나를 바꾼다

인간의 어떤 행동도 따로 단일적으로 독립해 있는 건
없습니다. 어느 특정 습관을 형성하는 뇌 회로도 다른
여러 가지 회로와 복잡하게 얽혀 있어서, 한 가지
습관을 바꾼다는 것은 어쩌면 인간 전체를 바꾸는
일이기도 합니다.

제가 고민하고 있는 주제 역시 사람을 바꾸는
변용(Transformation)작업입니다. 20세기에는
서비스업이 3차 산업으로 붐을 이루었고 근래에는 4차
체험 산업이 각광을 받고 있습니다. 그리고 변용은 5차
산업으로 가장 첨단 산업이라 할 수 있습니다.

사람의 생각을 바꾸는 일에는 무엇보다 과학 문명이
몰고 온 심각한 폐해에 대한 진지한 반성부터
있어야합니다.

지금도 자연이 파괴되고 날로 공해는 심각해지고
있습니다. 편이, 쾌적의 추구가 결국 인간을 나태하고
심신을 나약하게 만들었습니다. 이젠 바뀌어야 합니다.
생활습관만이 아닙니다. 인생관, 자연관, 우주관, 건강관,
사생관에 이르기까지 광범위한 영역에서의 변화가
요구됩니다. 거창한 일 같지만 작은 데서 출발합니다.
이제 서서히 자신을 변용하는 일을 시작해야 할 때입니다.

늙음도 자신의 선택일 뿐이다

랭거(langer)박사의 실험부터 소개하겠습니다.
70~80대의 노인들에게 '20년 젊어진' 생각을 하고
그렇게 행동하라고 주문을 했습니다. 5일간
실험했는데 놀라운 일이 일어났습니다.
표정이며 걸음걸이가 진짜 20년 전으로 돌아갔습니다.
관절, 유연성, 청력, 시력 검사에서도 큰 변화가
일어났습니다. 그뿐만이 아닙니다. 혈액검사에서 면역
반응이 활성화 되었으며 전반적 뇌 활동이나 혈류가
증가했다는 것입니다.
참으로 놀라운 일입니다.
나이는 생각이요, 믿음이라는 말을 실험적으로 증명한
획기적인 연구결과였습니다. 중년이 되면 달력 나이는
별 의미가 없습니다. 그가 어떤 생각을 갖고 어떤

생활을 하느냐에 따라 우리 마음도 몸도

정말 그렇게 됩니다.

늙음은 선택입니다.

고통의 의미를 알면

지옥의 유태인 포로수용소, 아내를 잃은 노인이 빅터
프랭클 선생을 찾아왔습니다.

"선생님, 너무 슬프고 외롭고 그리고 아내가 불쌍해
견딜 수 없습니다…."

"그렇지요, 하지만 당신이 먼저 죽고 부인이
살아남았다면 어떻게 되었을까요?"

"안 됩니다, 그것만은 절대 안 됩니다. 아내 혼자 이
고통을 어떻게 감당하라고요?"

"그렇지요. 당신의 고통 뒤에는 부인에 대한 사랑이,
절절한 그리움이 있기 때문에 더 괴로운 것입니다.
그리고 아내의 괴로움을 대신하고 있는 아름다운
의미가 있습니다."

한동안의 침묵이 흘렀습니다.

노인의 얼굴이 아까와는 달리 많이 편안해졌습니다.

선 밸리(sun valley)의 교훈

미국 애리조나는 은퇴자의 낙원입니다. 그 중
선 밸리는 백만장자의 은퇴촌, 가히 지상 낙원입니다.
헌데 얼마 전 여기서 끔찍한 보고가 나왔습니다.
그곳 노인들이 도시에서보다 치매 발병률이
높다는 것.
아니 이럴 수가! 깜짝 놀라 연구 조사팀이
들어갔습니다.
이유는 간단했습니다.
너무 걱정이 없고, 자극이 없고, 변화가 없는, 소위
삼무(三無)가 주범으로 밝혀진 것입니다. 한국적인
해석을 하자면 너무 팔자가 좋아 생긴 병입니다.
인간에겐 적정한 긴장은 필수입니다. 갈등, 문제, 걱정,
스트레스, 자극, 변화, 도전, 용기…. 이런 것들이

대뇌를 자극함으로써 뇌세포 기능을 활성화하고, 젊음을
유지할 수 있게 해줍니다.

탑골 공원에 남자 노인들이 많이 모이는 까닭은
그래서입니다. 시끌시끌, 볼 거리가 많습니다.

자극 과잉도 안 좋지만 너무 없어도 좋지 않습니다.

이야기가 어렵게 되었나요?

기쁨을 만드는 창조라는 샘

우리 뇌를 젊게 하는 데는 단연 창조적 삶이
으뜸입니다. 창조의 과정을 살펴보면 그 하나하나가
뇌를 자극, 새로움과 자부, 정상의 기쁨이 넘치게
합니다.
우선 문제의식을 갖는 것부터가 뇌를 지적으로 자극
합니다. 문제를 발견하면 그 해결을 위한 자료나
정보수집, 책도 읽고 강의도 듣는 등 지적 자극, 지적
쾌감을 얻습니다.
새로운 걸 알게 되는 순간 '아! 그랬구나' 우리 뇌에는
불이 반짝합니다.
그렇게 모은 정보를 분석, 편성, 무의식의 용광로 속에
녹입니다. 모든 게 녹아 새로운 형태로 모양을 갖추어
나갑니다. 그러다 어느 순간, 우연을 계기로 번쩍 불이

뛰듯 새로운 아이디어가 떠오릅니다. 통찰의 순간입니다.
무릎을 칩니다. 그 순간의 희열이라니! 그러곤 그
아이디어를 검증하고, 타당성, 경제성 등을 고려하여
구체적인 실행단계로 들어갑니다. 이때는 혼자의 깊은
사색이 필요합니다. 그리고 협력자를 얻어야 하고
실패해도 재도전하는 끈기와 인내가 필요합니다.
이윽고 완성될 때 그 정상의 환희!
당신의 마음과 뇌는 창조의 샘입니다.

사는 맛

1차 대전이 막 끝난 런던, 거리는 아직 어수선하지만
시민들은 오랜만에 전쟁 공포로부터의 해방감을
만끽하고 있습니다. '다로웨이 부인'도 저녁 손님
초대를 해 놓고 꽃을 사러 나가던 참이었지요.
부상병들의 귀가 길에도 밝은 빛이 감돌고 길모퉁이엔
악대의 취주, 하늘엔 오랜만에 오색 풍선이 뜨고…,
그 순간
"Life, London, and the moment of June"
문득 걸음을 멈춘 그녀의 입에서 흘러나온
한마디입니다.
"삶, 런던, 그리고 이 순간의 유월"
버지니아 울프의 단편 〈다로웨이 부인〉의 한
장면입니다.

지금 이 순간, 유월의 태양이 찬란한 지금 여기선 나. 살아
있다는 걸 온몸으로 느낀다. 삶은 진정 기쁨으로 가득한
것을!
그저 그렇게 살아가는 일상사에서 어느 한순간, 삶의
환희에 벅차 걸음이 멎는 일이 당신에게 있었으면
좋겠습니다.

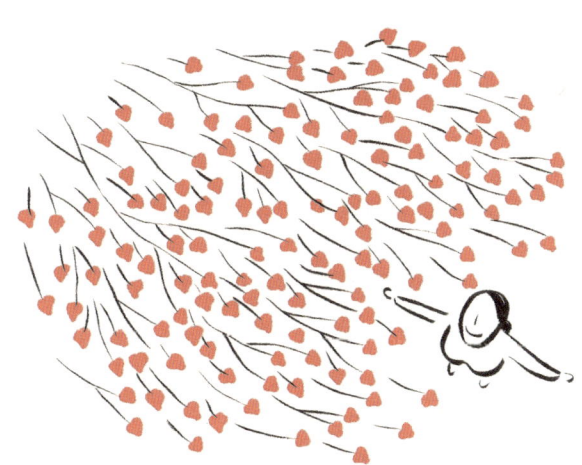

당신의 실제 나이는 몇 살입니까

로마 시대의 평균 수명은 28세였습니다.

20세기 초 서구의 수명은 50세가 못되던 게 지금은

90세에 육박하고 있습니다. 우리 한국 사회도 젊고

건강한 노인이 근년에 부쩍 늘어났습니다.

공자는 30세에 입지(立志)라고 했지만 요즈음 우리

한국 사회에서는 취업도 못한 젊은이도 많습니다.

40세를 불혹이라지만 이때가 가장 위험하고 흔들리기

쉬운 방황의 나이입니다. 50세 지천명이니 하는 말에도

현혹되어선 안 되겠습니다. 지금은 100세 시대, 나이에

대한 생각도 바뀌어야 될 것 같습니다.

일본 장수 학회에선 자기 나이에 0.7을 곱합니다.

50 × 0.7을 하면 35세, 70은 49세가 됩니다.

요즈음의 70세는 예전의 49세라는 계산입니다.

기분이 어떠신지요?

딱하게도 다른 계산법도 있습니다. 일률적으로 줄일 게

아니고 사람에 따라선 더 붙여야 하는 경우도 있습니다.

45세엔 ± 6, 12살 차이가 나서 39~51세, 55세엔 ± 7,

65세엔 ± 8, 75세엔 ± 9, 즉 18살의 차이가 나서

66~84세가 된다는 거죠. 늘그막에 동창회에 나가 보면

이 계산법으로 따져 봐야겠다는 생각이 드는 걸요.

이제 당신의 실제 나이가 궁금합니다.

삶을 즐겨라! 삶을 향상시키기 위해 시간을 낭비하지 말라.
- 오쇼 라즈니쉬 -

제2장

건강을 위한
해피니스 폴더

온 우주가 참여한 존재

"지금 체중이 얼마입니까?"

"80킬로그램"

"태어날 때는?"

"3킬로그램"

"그러면 나머지 77킬로그램은 어디서 온 것이죠?"

"네?"

난 갑자기 말문이 막혔습니다.

철웅 스님이 계속 묻습니다.

"고기도 많이 먹었겠고, 두루 세계를 다녔으니 온갖
산해진미도 다 먹었을 테고, 물도 공기도
들이마시고…. 그렇게 온 우주가 참여해 만든 게
나머지 77킬로그램입니다. 그게 내 것이라는 생각은
마세요. 우주의 것입니다."

파계사 성전암, 깜깜한 새벽에 시작된 스님과의 단독

대담은 아침 공양시간도 한참을 넘겨서야 끝났습니다.

하산하면서 줄곧 내 머리를 떠나지 않는 생각.

'하긴 태어날 때의 3킬로그램인들 그게 어찌 내 것인가?

우주가 열리면서 잉태된 생명체가 자자손손 이어져 엄마

뱃속을 거쳐 나온 대우주의 신비롭고 위대한

산물인 것을!'

혼 들여마시기

모든 심신 수련은 호흡법을 대단히 중시합니다. 우리
일상에서도 불안, 공포에 질릴 때면 심호흡을 천천히
함으로써 마음을 가라앉힙니다. 가슴이 답답할 때,
속이 상할 때 '후유—' 하고 긴 한숨이 절로 나옵니다.
순간 속이 후련하고 시원해집니다.
숨을 들이 쉴 땐 산소만이 아니라
우주에 충만한 온갖 기운도 함께 들이 마십니다.
영어에선 흡기를 'inspiration', 즉 'in-spirit', 영혼을
들여 마신다고 합니다.
숲 속에 들어선 순간, 신선한 기운을 느낍니다. 거기엔
우주의 기운, 대자연의 숨결, 대우주의 혼이 깃들어
있습니다.
천천히, 깊이 들이마시면 우주와 하나가 됩니다.

왜 지금 자연 의학인가

모든 생물은 스스로를 지켜내는 방어력, 면역력이
있습니다. 그리고 균의 침입이나 환경 변화 등으로
병이 들면 스스로 이를 치유하는 힘, 자연 치유력이
있습니다.

인간도 예외가 아닙니다. 불행히 현대 도시인은 공해,
스트레스, 약물 오남용 그리고 지나친 편이, 쾌적에
의존한 나머지 자연 치유력이 현저히 약해지고
있습니다. 이를 보강하는 것이 예방이요, 양생이요,
자연 의학입니다.

자연 의학은 병이 나도 화학약품은 가급적 쓰지 않고
자연 치유력을 보강함으로써 예방 치유하자는
운동입니다.

이것이야말로 경제적이고 이상적인 의료입니다.

선진국에서 자연 치유는 이미 첨단 의료로 자리 잡아 가고

있고, 의사 중 상당수가 자연 치유 전문의로 활약하고

있습니다.

이제 자연 의학은 시대적 요청입니다.

치병의 시대는 끝났다

지난 봄, 일본 통합의학협회장 아쓰미 선생이
선 마을에 견학을 왔습니다. 감탄연발.
"역시 한국은 다르다. 이곳이 세계 첨단 의료 기지이다.
일본은 이제 겨우 구상단계인데." 그는 이어 잘라
말합니다. "이제 병원에서 치병하는 시대는 마감되고
있습니다. 지금부터는 예방이고 양생입니다. 치료는
이미 늦습니다."
그렇습니다. 세계 의학의 조류는 단연 예방, 양생,
웰빙입니다. 생활 습관병은 일단 발병하면 평생
고질입니다. 암, 당뇨병, 고혈압 등, 일단 발병하면 그
순간부터 당신의 운명이 달라집니다. 병원의 장시간
대기, 치료비, 먹고 싶은 것 못 먹는 등 삶의 질도
최악입니다. 수많은 환자들을 보면서 '이래서는 안

된다'는 의사로서의 양심이 예방 마을을 만들게 했습니다.

딱하게도 한국 성인의 셋 중 둘(62.3퍼센트)은

반 건강 환자로 본인은 자각 증상도 없고

건강하다고 믿지만 의학적으로는 환자거나 이미 병의

경과 중에 있습니다. 해마다 노인의료비가 20퍼센트씩

증가, 지난 5월엔 전체 의료비의 21퍼센트가 되었습니다.

노인의료비가 50퍼센트를 넘으면 국가 재정이

흔들립니다.

그래도 설마 내가 하고 미련을 떠시겠습니까?

무엇이 치유를 돕는가

선 마을에 다른 병원엔 없는 최신 진단 치유 기구가
있는 것은 아닙니다. 고백건대 이 좋은 자연환경이
치유의 반은 해주고 있습니다. 전지요법인 셈입니다.
그리고 나머지 반은 마음입니다. 생활 습관병도 따지고
보면 마음이 만드는 병입니다.
습관이란 그 자체가 마음이지 않습니까. 고기를 많이
먹는 것, 운동 하지 않는 것, 금연, 절주 못하는 것도
모두가 마음입니다. 우리 조상은 현명했습니다.
우린 예부터 수련 하면 심신수련이었습니다.
마음을 닦아야 몸이 바로 된다는 경험에서였습니다.
그러나 서양의학은 몸 따로, 마음 따로입니다. 이것이
서양의 결정적 한계점입니다.
그러나 하버드 대학 내과 벤슨(Benson) 교수가

명상으로 혈압을 낮추고 심장병을 고친다는 보고는 서양 의학계에 큰 충격을 던져 주었습니다.

그 이후 심인성(心因性)이라는 개념으로 몸의 병도 마음에 기인하는 것으로 의학 개념의 혁명적 변화가 일어나기 시작했으며, 미국에 명상 붐이 일어난 것도 그 즈음인 1990년대부터입니다. 늦게나마 다행입니다.

심신일여(心身一如). 몸과 마음은 하나라고 한 우리 조상의 슬기에 새삼 감탄이 나옵니다.

세로토닌 결핍증

왜 현대인에게 세로토닌이 부족할까. 원인은
리드미컬한 신체 운동의 현저한 감소입니다.
우선 씹기, 우린 씹지 않습니다. 우유, 요구르트,
햄버거…. 씹을 것도 없죠. 옛날 우리 조상은 하루 6천
회를 씹는데 비해 요즈음은 200회. 잘 씹어 침과
반죽이 잘 되어야 소화도 잘 되고 면역력, 항암작용,
기억력도 좋아집니다.
다음은 걷기, 우리 조상이 하루 3만 보 걷던 게
요즈음은 3~5천 보, 거기다 계단 공포증까지.
'하루 만보는 즐겁게 걷자.'
걷기보다 더 좋은 운동은 없습니다.
끝으로 힘든 일도 없으니 크게 심호흡 할 일도
없습니다. 우리가 무의식중에 하는 호흡은 얕고

짧습니다. 하루에 몇 번 아랫배로 천천히, 깊이 호흡을
해야 합니다.

세로토닌 원료인 트립토판은 육류나 치즈, 유가공품에
많이 함유되어 있는데 다이어트로 섭취 부족 그리고 이게
뇌 속으로 흡수되기 위해선 당분이 필요한데 이 역시
부족, 마지막 단계에선 태양광선이 필요한데 이 역시
부족합니다. 선 마을엔 세로토닌이 넘쳐납니다.

전두엽을 젊게

최근 정신 의학계의 화두는 단연 전두엽입니다.

전두엽은 대뇌의 최고 사령부로서 인간이 인간다울 수 있는 중추적 역할을 합니다. 행복, 명예, 자긍심, 긍지 등의 고급 감정을 비롯해서 사유, 사색, 창조 등의 고급 인지 기능도 전두엽에서 이루어지게 됩니다. 생기, 의욕, 활력 등의 원천도 여기에서 비롯됩니다.

인간은 60대가 지나면 뇌 전체로 볼 때 6~7퍼센트가 위축되지만 전두엽은 워낙 예민하고 고급스러운 부위여서 관리를 잘못하면 거의 30퍼센트가 위축됩니다.

이렇게 되면 좋은 것도 없고 생기도 의욕도 없는 진짜 노인이 됩니다.

전두엽에 젊음을!

1. 감동을 잘한다.

2. 감사하며 산다.

3. 감성적으로 산다.

4. 지적자극을 많이 준다.

5. 도전적 정신을 가진다.

6. 창조적 시도를 한다.

7. 미래 지향적 기획을 한다.

8. 혼자일 수 있는 힘, 고독력을 기른다.

9. 사랑, 많이 한다.

10. 균형 잡힌 식사와 운동을 한다.

그리 어려운 일들도 아니지요.

싫은 건 말자

아무리 건강에 좋다 해도 정 싫은 일이면 하지
말아야지요. 싫은 것을 억지로 했다간 그게 스트레스로
작용해 엄청난 폐해를 가져다줍니다. 그리고 좋아서
하다가도 중간에 싫으면 그만 두는 겁니다. 후회도
자책도 할 것 없습니다. 의지가 약하다느니 또
실패했다느니 자학할 것도 없습니다. 확실한 건 한
만큼 득이 된다는 사실입니다.

그리고 설령 건강에 나쁘다고 해도 좋으면 하는
겁니다. 먹고 싶은 걸 억지로 참아 보세요. 그거야 말로
병을 만듭니다. 무슨 일에나 융통성이 있어야 하는 건
이 경우에도 예외가 아닙니다. 다만 건강에도 좋고
하고 싶은 게 있으면 하나만이라도 시작해 보는
겁니다. 구체적으로 젊을 때 즐기던 운동을 다시

시작해 보는 겁니다. 만보계를 착용하고 즐거운 산책길에
오를 수도 있습니다.

문제는 스스로에게 물어야 합니다. 내가 하고픈 게
무엇인지, 어떤 가치관을 갖고 있는지, 하면 누구와 같이
할 것인지 본인과 진지한 상담을 해야 합니다.

즐겁게 하자는 것. 이게 세로토닌 캠프의 원칙입니다.

5월 5일

어린이날이 아닙니다. 이름하여 'International No Diet
Day', '삐삐 마른 몸매의 횡포를 거부, 다이어트의
패션업계로부터의 독립을 선언, 세상 사람들이 지닌
다양한 체구와 몸매를 축하하는 날' 입니다. 이날은
옷깃에 연푸른 리본을 달고 체중계를 부셔버리고
돼지처럼 먹습니다.

금지된 기쁨일까요? 일종의 반항적 쾌락입니다.

먹고, 마시고, 빈둥거리고… 하고픈 대로 실컷 한번
해보는 날입니다.

다이어트의 95퍼센트는 실패한다는 걸 뻔히 알면서도
계속 자기 환상에 시달리는 거지요. 지난 30년간
미국에선 기적 같은 다이어트 붐이 연달아
일어났습니다. 그러나 얻은 건 몇몇 사람의 호주머니만

부르게 했고 미국인의 평균 체중이 20킬로그램나
불었다는 것뿐입니다.

'일주일에 ○○킬로그램, 안 빠지면 전액 환불' 길에서
흔히 보는 광고판입니다. 정신 차려야 합니다. 어차피
돌려 받을 돈이면 아예 거래를 않는 게 좋습니다. 괜히
고생만 합니다. 건강엔 기적이 없습니다. 그리고 하루
아침에 이루어지는 것 또한 아닙니다.

균형잡힌 다이어트와 운동, 과학적 보조제.
그리고 꾸준히 오래 하는 것만이 열쇠입니다.

New Life, 새로운 습관으로부터

잘못된 생활습관의 개선은 건강인생을 위한 가장 큰
과제입니다. 그리하여 그 무서운 암, 심장병, 당뇨,
뇌졸중과 같은 생활 습관병을 예방할 수 있습니다.
습관을 개선하는 데는 몇 가지 단계가 있습니다. 우선
관심을 가져야 합니다. 무심코 하는 습관이 이래선 안
되겠구나 하는 생각부터 들어야 합니다. 바꿔야겠다는
생각이 들면 어떻게 할 것인가를 준비해야 하고 다음이
실천. 끝으로 모처럼 시작한 실천이 유지될 수 있도록
계속해야 비로소 습관이 바뀌게 됩니다. 대개 10주
정도 걸립니다.
하지만 우리는 완성 단계까지 욕심을 내려고 하지는
않습니다. 관심을 두는 것만으로 만족하려 합니다.
사람만큼 편한데 잘 길들여지는 게 없습니다. 그걸

고친다는 게 쉽지 않다는 걸 우린 잘 알고 있습니다.

그러나 언젠가는 고치지 않으면 안 된다는 것 또한 알고

있습니다.

"New style, New start, New life" 이것이 우리의 궁극적

목표입니다.

장수마을은 비탈에 있다

"휴우! 숨차다. 왜 하필이면 이런 비탈길에 마을을
지었을까? 널찍하고 편편한 데도 많을 텐데! 한 번
오르내리기가 이렇게 힘들어서야 원!"
우리 선 마을을 찾는 분들이 대개 하시는 말씀입니다.
그렇습니다. 편치가 않습니다. 길에서 우리 마을까지만
족히 5리는 됩니다. 하지만 세계장수촌은 대개가
250고지 비탈길에 있다는 사실을 아시는지요? 밭에
일하러 가든 이웃을 가든 마을 사람들은 숨을 헐떡이며
오르내려야 합니다. 그래서 장수 건강을 누리는
겁니다.
여름을 시원하게 나려면 해발 700고지 평창이
좋습니다. 그러나 건강 장수에는 250고지 홍천이
제일입니다. 여기는 여름이면 덥습니다. 여름은

여름답게 보내야 면역력도 강화되어 건강에 좋다는 것은
이젠 상식입니다. 사계절이 분명한 한국인의 체질엔
더더욱 그러합니다. 그리고 비탈길을 오르내리며
아랫배로 불룩거리며 쉬게 되는 심호흡은 다리는
물론이고 심장을 튼튼히 하고 자율신경 안정에 이보다 더
좋은 약이 없습니다.
군이 정력이라는 말은 따로 하지 않겠습니다. 정력은 남녀
모두 튼튼한 하지에서 비롯됩니다.

의도적 불편함

"이럴 수가? 방도 작고 평상에, 덩그러니 방석 한
장만인가. 소파도 TV도 없는 응접실…. 도대체 손님의
편이나 안락은 안중에도 없네."
선 마을에 손님들이 찾아오면 으레 하는 소리입니다.
일부러 불편하게 만들다니? 요즘 강조하는 서비스
개념과는 거꾸로 가겠다는 소리입니다.
그렇습니다. 일부러 그랬습니다. 의도적으로 좀
불편하게 만들어 놓았습니다. 편이와 쾌적에 빠진
우리의 과학중독증을 좀 개선해 보자는 뜻입니다.
하지만 견딜 만합니다. 이 보다 더 험해야 한다는
강경파도 있습니다만 일상생활과 너무 동떨어져서도
안 되겠기에 이 만큼이나 한 것입니다.
과학문명은 편이, 쾌적, 효율을 추구합니다. 덕분에

편하게 되었습니다.

차로 가면 효율은 좋습니다. 하지만 편이에 빠져 인간을

끝없이 나약하게 만듭니다. 건강악화는 필연적인

현대인의 운명이기도 합니다.

의도적으로 불편하게 만드는 우리의 '못된 의도'가

이해되었으면 좋겠습니다. 하루 이틀 지나다 보면 견딜

만하게 됩니다. 그 역시 인간의 본성입니다.

오감을 열고

오감을 열다니? 그게 무슨 뜻이냐고 묻는 사람이 더러
있습니다. 잘 이해가 안 되거든 우리가 사는 도시
생활을 생각해 보면 바로 알 수 있습니다. 하수구 냄새,
옆 사람 땀 냄새에 코를 막습니다. 꼴 보기 싫은 일에
눈을 감습니다. 경적 소리, 벨 소리에 귀를 막습니다.
사람과의 접촉이 싫어 혼자 앉습니다. 음식이나 물을
먹을 때도 괜찮을지 맛부터 봅니다. 모든 감각 기관은
다 닫고, 사는 게 도시 생활입니다.

그것만이 아닙니다. 잠시 외출에도 이중, 삼중으로
문을 잠급니다. 이웃과 인사도 하지 않고 모든 것을
닫고 사는 참으로 답답한 순간순간입니다. 열려 있는
건 오직 비상 감시 체재, 소매치기, 치한, 자리 앉기로
시작되는 경쟁, 경쟁 그리고 짜증….

그래도 여기 선 마을에 오면 오감이 열린다는 뜻이
이해가 안 됩니까? 당장 공기가 달지 않습니까?
물소리, 바람소리, 보이느니 푸름, 있는 것만으로도
느긋하고 편안하지 않습니까? 산 속 오두막엔 문을
잠글 일도 없습니다. 모든 걸 열어두니 몸의
감각기관도 다 열립니다. 그러면 감성과 창조의 보고
우뇌도 절로 열립니다. 도심에 찌든 심신을 맑게
식히는데 이보다 더 좋은 자연 치유제는 없습니다.

천천히 천천히, 좀더 천천히

근래에 드라마 〈대장금〉이 세계인의 공감을 사고
있습니다. 해석이 많겠지만 뭐니 해도 반찬 하나
만드는 데도 혼신의 힘을 다하는 그 정성이 비결일
것입니다. 단추만 누르면 즉각 기계에서 나오는 패스트
푸드에 대한 반발일 수도 있습니다. 지금 세기의 흐름은
빠름에서 느림으로의 대전환이 일어나고 있습니다.
우리 마을 주방은 수라간처럼 화려하지도, 식단이
수라상처럼 거창하지도 않습니다. 그러나 천천히
드시면 혼이 담긴 정성을 음미할 수 있습니다. 30번
씹고, 30분 걸려 먹고, 30가지를 먹자는 '30-30-30'
운동이 결실이 되었으면 좋겠습니다. 이것 하나만
지켜도 건강 장수가 멀지 않습니다. 아니, 건강 이전에
맛을 즐기면서 먹어야 사는 맛이지요.

위를 비우고 아래를 실하게

서구인은 사냥체질이어서 대체로 위(上)가
튼튼합니다. 가슴과 어깨가 넓고 흉근이 발달되어
있습니다. 거기에 비하면 동양인은 하복부 아래가
튼튼합니다. 부지런히 걸어다니며 채집하고 농사를
지으려니 그렇게 될 수밖에 없지요. 힘을 줄 때에도
아랫배에 힘을 줍니다. 서구인의 가느다란 세장형의
다리와는 비교가 안 되게 짧고 굵게 발달되어
있습니다. 씨름을 하면 상대가 안 됩니다.
동양의 전통적 심신 수련은 예외 없이 하복부가
중심입니다. 즉 단전(丹田)에 모든 에너지가 축적이 된
걸로 믿고 있습니다. 힘을 줄 때에도 뱃심을 줘야 힘이
납니다. 호흡도 단전호흡입니다. 마음도 여기에 모야야
합니다. 상허하실(上虛下實). 위(上)를 허하게 비우고

아래를 튼튼히 해야 하는 게 심신 수련의 기본입니다.

조용히 앉아 심호흡을 하여 우주와 일체가 되는 감각을

단전에 모읍니다.

거기에 비하면 서구에는 동양적인 심신수련의 전통도

없거니와 대체로 교감 신경 주도형의 공격적, 근육질,

강하게 순간적 흡기를 중심으로 하는

상실하허(上實下虛)형의 체형입니다. 요즘 젊은이는

서구형이 이상형이라고들 합니다만 글쎄올시다. 균형

잡히고 안정감 있는 게 먼저라는 생각이 듭니다.

바른 자세가 바른 생활을 만든다

우리 마을에서는 자세에 대해 꽤나 까다롭게 굽니다.
자세가 나쁘면 요통, 두통만이 아닙니다. 위염, 궤양,
간, 췌장도 나빠집니다. 생리통, 손발이 차고 불안까지
겹칩니다. 자세가 비뚤면 마음도 안정이 되지 않고
자율신경 부조증까지 옵니다. 최근 어린이의 척추
만곡증이 해마다 증가하고 있으며 수술을 요할 정도의
심각한 증세도 있다고 합니다. 우선 앉는 자세부터!
가장 생리적인 자세는 무리가 없는 편한 자세요, 그게
건강 자세입니다.
절간 스님의 참선 자세가 가장 이상적입니다. 몇 시간
아니 며칠을 그렇게 앉으려니 편한 자세가 아니면 견딜
수 없겠지요. 해서 절에서는 자세에 대한 수행 법도가
아주 엄격합니다. 군대에서도 마찬가지입니다.

기본은 허리를 위로 쭉 늘어지게 꼿꼿이 펴는 자세입니다.
약간 턱을 당기고 두정부와 몸, 회음부가 일직선이 되게
앉으면 하늘, 몸, 땅의 축이 하나가 됩니다. 천지인의
경지로 우주와 일체가 되는 자세입니다. 그런
자세만으로도 기분이 사뿐하고 당장 숨쉬기가
편해집니다.

금연

금연, 꼭 할 것도 아닙니다. 몇 년 덜 살더라도 인생을
즐기겠다면 그만입니다. 남에게 피해를 안 준다면.
밤하늘을 향해 내뿜는 담배연기는 멋도 있으려니와
속이 다 후련합니다. 스트레스 해소는 물론이고 기분도
좋아집니다. 깊은 복식호흡으로 묵은 감정의
응어리까지 다 날려 보낼 수 있습니다.
그래도 우린 담배가 몸에 해롭다는 건 잘 알고
있습니다. 니코틴의 폐해와 스트레스 폐해, 어느 쪽을
택할 것인가는 전적으로 개인의 몫입니다.
다만 애연가들은 '의지가 약하다'는 등 자책이나
후회는 금물입니다. 그건 최악입니다. 기왕 피우려면
기분 좋게 피워야죠.
그래도 할 수만 있다면 금연이 좋다는 게

내 생각입니다. 우리 마을에 계시는 동안에는 금연이

원칙입니다. 아쉬움이 크겠지만 좀 견뎌보는 것도 좋은

심신수련입니다. 물론 힘들어하지 않게 과학적인

방법으로 도와드립니다. '끊을 만하구나' 하는 생각이

들었으면, 그리고 이걸 계기로 금연을 할 수 있다면 그

또한 축복이고요.

나가야 사는 감기

누구나 걸려본 감기 이야기부터 해보겠습니다. 감기는
찬바람을 쐬면 걸립니다. 체온이 떨어지면 모든 대사
과정이 지체됩니다. 그러면 우리 몸에 해로운 중간
대사물이 축적되므로 이를 빨리 몸 밖으로 배출해야
합니다. 열이 나는 것은 지체된 대사 과정을 다시
촉진하기 위해서입니다. 열뿐만 아니라 눈물, 콧물,
재채기, 기침, 발진, 온통 '나는 것' 투성이입니다. 이
모두가 축적된 해로운 독소를 내보내기 위한 자연
치유적 반응입니다.

몸은 매우 정직하고 정직한 만큼 강합니다. 여기에
해열제를 먹고, 알레르기, 기침 진통제를
먹어보십시오. 진행되던 대사 과정이 다시 정체 되고
우리 몸에는 고스란히 독소가 남게 됩니다. 소위

감기약은 우리 몸의 자연치유적 과정을 방해하는 작용을
합니다. 그냥 두면 나을 것을 작은 증상도
못 참고 이를 병으로 보고 없애려는 반 치료적
행위입니다. 우리 조상은 현명 했습니다.
군불 뜨듯하게 해놓고 이불 덮어쓰고 땀 한번 쭉 흘리면
완쾌됩니다. 감기엔 약이 없다는 말이 있습니다. 그리고
의사들이 병원에 안 가도 되는 병으로 감기를 1위에 꼽고
있습니다.
겨울 내내 감기가 들락날락 한다면 감기가 제 발로
나가도록 믿어보십시오.

해독이라니?

내가 중독 환자냐? 무슨 해독은? 놀라지 마십시오.

물론 선 마을은 중증 독물이나 마약, 알코올 중독을

치료하는 곳은 아닙니다. 우리가 말하는 해독은 급성이

아닌 만성 중독을 대상으로 합니다.

도시에 사는 모든 사람이 대상입니다. 생각해

보십시오. 숨 쉬는 공기, 마시는 물, 먹는 식품 어느 것

하나 성한 게 없습니다. 우린 지금 가히 세계 최악의

환경오염에 시달리고 있습니다.

그뿐인가요. 휴대폰, 컴퓨터를 끼고 사는 직장인,

TV앞에 진을 치고 있는 주부 등 전자파 중독도

전문가들은 우려합니다. 그리고 치열한 경쟁, 한국형

스트레스, 거기에다 우리의 조급하고 과격한 성격.

이대로 가다가는 특히 심장 맥관 계통에 엄청난 폐해가

옵니다. 이 속에 이나마 살고 있다는 것이 신기할
정도입니다.

일 년에 한두 번 중독 상태를 말끔히 씻어 내야 합니다.

오염, 중독, 지친 부신피질 등을 중화, 정화시켜 신선한
심신으로 바꿔 놓아야 합니다.

건강을 위한 해피니스 폴더에 해독이라는 약을 먼저
심어두십시오.

스트레스 관리

도시인의 하루는 스트레스의 연속입니다.

교감신경이 만성적인 흥분상태에 놓이게 되면

놀아드레날린, 코르티솔 등 악질적인 스트레스

호르몬이 분비되고 우리 심신은 극도로 지치게 됩니다.

이게 병이 된다는 건 이젠 상식입니다. 두통, 불면,

소화불량, 만성피로, 어깨결림…. 전형적인 스트레스

증후군이 나타납니다. 그렇다고 병원에서 검사를

해봐야 당장 이상이 나타나진 않습니다.

해서 우린 그저 도시인의 운명쯤으로 생각하고, 그냥

지내게 됩니다. 그러나 세월이 흘러 40대 중년이 되어

몸의 유연성, 방어력, 면역력이 떨어지고 자연

치유력이 약화되면 그제야 검사상 이상이 나타나기

시작합니다. 증상만 있다가 드디어 발병하게 됩니다.

암, 심장병, 당뇨, 고혈압, 뇌졸중…. 소위 말하는 생활
습관병은 이렇게 찾아옵니다. 그나마도 조기 발견해서
적절한 조치를 취하면 다행이지만 미련을 떨다 병이
본격적으로 진행된 후엔 평생 고질이 됩니다.

정기검진을 하고 적절한 예방 치유적 조치를 해야 하는
이유가 분명해진 셈입니다.

우리 마을에 입산하는 날 얼마나 심각한 스트레스에
있는지 몇 가지 검사를 하게 됩니다. 내가 이랬었나?
하고 깜짝 놀랄 것입니다. 그리고 하산하는 날 다시
검사를 해 지친 심신이 얼마나 회복되었는지 알면
또 한 번 놀라게 됩니다. 철저한 스트레스 대처
프로그램 덕분이지요.

건강을 위해?

제법 나이든 사람이 건강을 위해 악을 쓰면서 조깅하는
걸 보면서 저래도 되나 싶은 생각이 듭니다. 무엇을
위한 건강이냐고 묻고 싶습니다. 건강은 인생의 목적이
아닙니다. 건강을 위해 살다니 그게 말이 되는
소리입니까?
인생의 목적은 '행복하게 잘 살기 위해서' 입니다.
요즈음 이걸 웰빙이라고 부릅니다. 따라서 건강은 잘
살기 위한 자원이요, 그리고 잘 사는 결과로써
따라오는 것입니다.
건강이 삶의 질에 우선할 수 없습니다.
삶의 질을 무시한 건강이 무슨 의미가 있겠어요? 몸에
좋다고 구역질을 참아가며 뱀탕을 먹는 사람, 싫은
운동을 억지로 하는 사람에게 다시 한 번 묻고

싶습니다. 무엇을 위한 건강이냐고? 그게 좋다면
좋습니다. 뱀탕을, 운동을 좋아한다면 누가
탓하겠습니까. 명상이나 산책도 그게 좋아서 한다면 그
역시 행운입니다. 이 바쁜 시간에 잠시의 틈을 낼 수
있다는 것도 행운입니다. 그리고 건강에도 좋고!
결론은 건강을 위해 싫은 것을 한다는 건 억지요
강박증입니다. 일부러 하는 것이 아닌 진정 좋아서
하는 일이어야 합니다.
어떤 건강이든 즐거운 마음이 먼저입니다.

내 몸이 보내는 신호

몸에 이상이 생기면 제일 먼저 내 몸이 압니다. 어떤
명의나 정밀 의료기기보다 먼저 알아차리고 신호를
보냅니다. 마치 차의 달라진 엔진 소리처럼 대책을
세우라고 경고합니다.

한데 우리 일상은 어떻습니까. 으레 잘 달리려니, 그냥
달리다가 길 한복판에서 덜컥 멈춥니다. 모든 생활
습관병은 만성으로 진행해 초기에는 아무런 자각
증상이 없습니다. 어느 날 덜컥 응급실에 실려 오지만
실은 그 훨씬 이전부터 이상 징후는 있었습니다.
바빠서 못 들었거나 아니면 그까짓 것 하고 무시했거나
설마 내가 하는 미련을 떨은 거지요. 내겐 나만의 고유
신호가 따로 있습니다. 차분히 앉아 내 몸의 신호를
들어보세요. 그래서 여기 온 것입니다.

우리 방법이 다 옳지는 않다

내 이야기를 쓴다는 것이 쑥스럽긴 하지만 디스크
환자가 워낙 많아서 참고가 될까 해서입니다. 내
요통은 꽤나 오랜 역사를 가지고 있습니다. 몇 차례
힘든 고비를 용케 넘기나 싶더니 몇 해 전엔 드디어
앉지도 못할 지경이 되었습니다. 전문가마다 의견이
분분했습니다. 약물, 특수주사, 물리치료, 수술, 침,
뜸까지. 그러나 결국 수술로 결론이 났습니다.
하지만 난 선뜻 마음이 내키지 않았습니다. 내가
의사여서가 아닙니다. 20년을 이렇게 살았는데 하는 내
개인적 감각이 작용한 탓입니다. 결국 테니스는
그만두기로 하고 그대로 좀더 두고 보자는 쪽으로
결정되었습니다.
내 허리는 아직도 시원찮습니다. 조심하고 있습니다.

그러나 일상생활이나 골프 하는 데도 별 지장이 없습니다.
의학은 완벽하지 않습니다. 전문가의 의견은 들되 내 몸에
맞춰 내가 결정하는 게 상책입니다.

우리 마을에서 하는 방법이 다 옳다고 고집할 생각은
없습니다. 다만 여러 분야의 전문가들이 모여 통합적이고
전인적 접근을 통해 특정한 고집이나 특정인의 독선을
배제하고 있습니다. 그리고 각자에게 맞는 '개인별
맞춤'을 하려고 노력하고 있습니다.

세로토닌 캠프

우리 생활과 가장 밀접한 뇌 내 물질은

1. 놀아드레날린(N.A)

2. 세로토닌

3. 도파민(엔돌핀)입니다.

놀아드레날린은 공격성 물질로써 이 물질이 분비되면 교감신경이 흥분, 혈압이 오르고 가슴이 뛰고 숨이 거칠어지는 등 공격, 방어자세를 취하게 됩니다. 이런 상태를 스트레스라 부르죠. 엔돌핀은 쾌적 호르몬으로써 기분을 좋게 합니다. 문제는 중독성, 좋다고 계속하면 술, 마약, 도박 같은 중독이 됩니다. 이들 두 물질은 과하면 안 됩니다. 어느 쪽이든 폭주를 하면 파괴적일 수 있습니다.

이걸 조절 하는 게 세로토닌, 해서 조절 호르몬이라

부릅니다.

세로토닌의 또 다른 중요한 기능은 활기, 생기, 의욕의
원천으로서, 부족하면 우울증에 빠집니다.

세로토닌이 적정해야 생기가 넘치고 스트레스나 통증도
견뎌내기가 수월하며 마음이 밝고 긍정적으로 되기
때문에 대인 관계, 기억력, 주의집중력, 창의력이
향상됩니다. 연애에 빠져있는 사람을 상상하면 쉽습니다.

20세기가 산업사회, 경쟁, 격정의 놀아드레날린과
엔돌핀의 세기였다면 앞으로의 21세기는 문화, 감성,
감동, 평화공존의 세로토닌의 세기입니다.

선 마을을 세로토닌 캠프로 부르는 이유가 여기 있습니다.

핀란드 증후군

건강 모범생에겐 밥 맛 떨어지는 이야기입니다만, 안
할 수가 없네요.

핀란드 보험국에서 한 조사여서 Finland 증후군이란
이름이 붙여졌습니다.

40대 초반의 상급 관리직 600명에게 정기 검진과 함께
영양 상태, 운동, 금연, 금주 등 건강 생활을 철저히
지킨 그룹과 건강 지시를 하지 않은 그룹을
비교했습니다.

15년 후 건강 상태를 비교해 본 결과는 예상과는 전혀
딴판으로 나왔습니다. 심장 혈관계 질환, 고혈압, 암,
각종 사망, 자살 등에서 아무런 지시를 하지 않았던
그룹이 모든 항목에서 낮았다는 사실입니다.

너무 건강에 신경 쓰다 보면 그 자체가 스트레스로

작용, 신체에 나쁜 영향을 미친다는 결론입니다.

술 한 잔, 담배 한 모금, 달콤한 빵, 간절한데도 참으면

이것만으로 병이 됩니다.

뭐든 적절하게 융통성 있게 해야 한다는 충고입니다.

감사의 생리

감사하는 동안은 심장박동이 규칙적으로 조화롭게 뜁니다. 순환기능, 면역기능, 신경시스템이 유연하게 돌아갑니다. 호르몬 균형으로 온몸이 조화롭게 되고 건강에너지가 넘쳐 납니다. 뇌혈류가 증가하고 뇌가 활성화됩니다. 특히 면역계와 좌측두엽에서 활발해서 적응력, 협동심, 사고력, 기억력이 향상됩니다.
대신 누굴 미워하는 등 부정적 사고를 하면 전혀 반대의 현상이 일어납니다.
감사하는 마음이 우러나는 이상 절대로 나쁜 마음이 일어날 수가 없습니다. 생리적으로 뇌과학적으로 상반되는 두 가지 생각이 동시에 일어날 수 없기 때문이죠.
감사는 행복, 건강, 장수의 기본 요건입니다.

나에게, 상대에게 먼저 감사할 만한 가치를 인정
하십시오. 마음으로 받아들이고 감사하다고 생각
하십시오.

3~5분 집중하면 감사의 파동이 일어납니다. 그러면
공명이 일어나고 당신 주위에 사람이 모입니다.

이게 감사의 신비한 힘입니다.

천수 누리는 방법

큰 사고나 큰 병 없이 평생을 건강하게 장수한 사람을
두고 '천수(天壽)를 누렸다'고 축하합니다. 하늘이 준
목숨을 고이 간수 잘해, 잘 살았으니 죽어서 축복받을
일입니다.

그렇습니다. 죽는 마지막 순간까지 건강하게 살아가야
합니다. 그때까지 100퍼센트 인생을 살아야 합니다.

문제는 우리가 천수를 모르고 산다는 사실입니다. 언제
죽게 될지, 천수를 알 수만 있다면 우리 인생이 좀
달라질까요? 어쨌거나 얼마를 살지 모르니, 우리가 할
수 있는 일은 오늘 여기 이 순간이 최후의 날인 것처럼
온몸을 불태워 살아야 할 것입니다.

80세 노인이 100세까지는 살게 해달라고 도사에게
간청합니다. 도사는 말합니다.

104

"그러지요, 오늘이 100세라고 생각하시오, 내일까지 살면
100세에 덤으로 하루 더 살았다고 생각하세요."

동물의 평균수명은 같은데

짐승은 사냥꾼에게 잡히지만 않는다면 대체로 평균
수명대로 삽니다. 그러나 인간은 개인에 따라 건강
상태는 물론이고 수명도 천차만별입니다.
인간에겐 '생각하는' 위대한 능력이 있기 때문입니다.
이게 병도 만들고 약도 만듭니다.
병이라 생각하면 병이 되고 건강이다 생각하면
건강하게 됩니다. 늙었다고 계속 생각하면 몸은
생각대로 진짜 늙어갑니다. 그 의학적 기적은
이러합니다.
원초적 감정이나 생명 기능은 시상하부의 자율신경
사령부가 관장하고 있습니다. 문제는 이게 우리
의지대로 조절되지 않고 스스로의 리듬에 의해
작동된다는 사실입니다. 해서 자율(自律)신경입니다.

여기에 영향을 줄 수 있는 건 상상력을 근간으로 하는
'마음'입니다. 마음을 어떻게 먹느냐에 따라 자율신경이
조절된다는 뜻입니다. 물론 마음을 먹는다고 당장 그렇게
되는 건 아니고, 얼마간의 심신수련이 필요합니다.
사실상 마음이 주인이고 자율신경에 지배되는 몸은
심부름꾼에 불과합니다.
우리 마을에 사색 프로그램이 많은 이유가 여기 있습니다.
생각을 어떻게 하나, 마음을 어떻게 갖느냐에 따라 삶의
질은 물론이고 건강, 장수도 천차만별이 됩니다.

인간의 모든 기관은 마음에 의해 좌우되고 있다. 그러므로 세상에서
가장 강한 인간은 자신의 마음을 통제할 수 있는 인간이다.

                                            - 탈무드 -

제3장

사색을 위한
해피니스 폴더

내 감성 물결

조용한 호수에 돌을 던지면 동심원을 그리며 물결이
번져 나갑니다.

사람도 마찬가지로 나의 파동이 동심원을 그리며 번져
나가 상대에 닿습니다. 사람마다 자기 고유의 파동이
따로 있습니다. 조용한 파동이 있는가 하면 거칠고
힘찬 파동도 있습니다. 따뜻한 파동, 듬직한 파동, 혹은
지적이나 차가운 파동도 있지요.

파동은 그의 인품이나 정서적인 측면과 밀접한 연관을
갖는데, 이를 감성의 물결이라고도 하고 그 사람의
인간적 분위기, 혹은 개성이라 부르기도 합니다.

사람마다 주파수도 다르고 진폭도 다릅니다. 질도
다르고 느낌도 물론 같을 수 없습니다.

나의 파동은 어떠할까요? 궁금하겠지만 이건 기계로

측정할 수도, 내가 느낄 수도 없고, 오직 남이 느끼는
것입니다.

남의 말에 겸허히 귀를 기울여야 하는 까닭이 여기
있습니다.

'아. 내가 그런 사람이었나?'

아플 적도 있지만 그게 성숙으로 가는 길입니다.

고독감과 고독력

고독력(孤獨力)은 고독감과는 전혀 다른 차원입니다.
감상적인 고독감(孤獨感, loneliness)과는 달리
고독력은 영어에서 'solitude'로 씁니다. 고독감이
소극적이고 수동적인 상태라면 고독력은 적극적이고
능동적인 마음의 상태를 말합니다. 고독감이
느낌이라면 고독력은 혼자일 수 있는 힘입니다. 자기를
일부러 고독하게 만드는, 그만큼 강한 사람입니다.
위인들은 모두 고독력이 강한 사람들이었습니다.
창조의 과정엔 고독력이 절대적이기 때문입니다. 예술
작품이 탄생하기까지를 생각해 보십시오. 고통과 인내,
홀로 버텨 낼 수 있는 힘이 없이는 불가능한 일입니다.
그리고 이러한 인고의 과정을 위인들은 즐겼다는
사실입니다.

물론 고독력은 위인의 몫만은 아닙니다. 회사도 나라도
마찬가지, 자리가 높아질수록 뒤로 앉게 되고 사장은
독방입니다. 나라가 위기에 처할 적엔 참모들의 의견도
듣겠지만 최후의 결단은 대통령의 외로운 몫입니다.
고독을 못 이겨 좌절, 포기할 수도 있습니다.
하지만 진통 끝에 완성된 순간, 그 희열감은
하늘을 찌릅니다.
긴 겨울밤. 고독감에 울 것이냐, 창조를 위한 가슴 부푼
순간이 될 것인가. 이건 당신의 선택입니다.
우리 마을엔 혼자의 시간이 많습니다.
조용하지만 힘이 솟구치는 곳입니다.

명상을 왜 하냐고 묻는 시대는 지났다

이 바쁜 세상에 왜 저러고 멍청하게 앉아 있지? 밥 먹을 시간도 없는데! 명상하는 사람을 보고 이런 말을 했다면 당신이야말로 명상을 해야 합니다. 명상은 일에 쫓겨 바쁜 사람을 위해 있는 것입니다.

따라서 이 지구상에 가장 명상을 필요로 하는 이는 오늘을 사는 한국인입니다. 특히 중년남성들.

명상은 '몸을 부드럽게' '마음을 편안하게' 해주기 때문입니다.

경쟁, 스트레스, 우리 심신은 긴장일색의 비상체제에 놓여 있습니다. 이러한 것들이 건강을 좀먹고 있다는 건 이젠 상식입니다. 이런 상황에선 생각인들 합리적, 이성적으로 할 수가 없습니다. 충동, 과격, 자칫 폭발할 수도 있습니다.

해답은 명상입니다. 짧게는 1~2분으로도 충분합니다.

그 효과는 이미 과학적으로 증명되었습니다. 심신수련

전통이 없는 미국에 명상 붐이 일고 있는 것도 과학적으로

효능이 입증되었기 때문입니다. 90년대 중반 미국

뉴잉글랜드 첨단과학자들은 '이제 명상은 동양의 신비가

아니라 증명된 과학이다' 라는 결론을 내렸습니다. 그

이후 할리우드 스타를 중심으로 의사, 변호사 등 식자층이

가세하면서 아주 폭발적인 붐을 일으켰고, 지금은

명상인구가 2천만을 넘고 있는 추세입니다. 긴 설명이

필요 없습니다. 해보면 압니다. 딱 1분~2분입니다.

비상시 명상

하루에도 몇 차례 폭발 직전의 상황에 빠지는 게
도시생활입니다. 얌체운전자, 일이 잘 안 풀릴 때,
부당한 일을 당할 때, 긴 줄에 서서 기다릴 때….
그러잖아도 경쟁에 시달리는 우리 신경이 극도로
날카로워져 자칫 자제를 잃을 것 같은 위기상황이 되곤
합니다.
이러는 순간 우리 몸엔 교감신경이 흥분하면서
아드레날린, 코르티솔 등 스트레스 호르몬이
분비되면서, 심장이 뛰고 혈압과 뇌압이 올라가고
호흡이 거칠고 빨라지며 혈당상승, 장운동의 정지 등
공격준비를 갖춥니다. 이게 안 풀려 계속되면 심장병,
고혈압, 뇌졸중, 당뇨병, 위장병 등은 피할 수 없게
됩니다.

이런 위기상황에 당신은 어떻게 대처합니까? 설마 그럴 때마다 폭발이야 않겠지요? 자리를 피하는 것도 좋은 방법입니다. 그래도 가라앉지 않거나 피할 수도 없는 경우라면 해결은 명상입니다.

먼저 허리를 펴고 자세를 반듯하게 꼿꼿이 하고 조용히 아랫배로 심호흡을 세 번만 하십시오. 순간, 긴장이 풀리고 마음이 편안해집니다. 물론 그런다고 문제가 풀린 건 아닙니다. 그러나 한결 견디기가 편해지고 이성적으로 대처할 여유가 생깁니다. 이를 비상시 명상이라 부릅니다.

명상의 기본

비상이 아닌 평상시 명상의 기본은 1. 자세 2. 호흡
3. 집중으로 요약될 수 있습니다.

자세는 허리를 펴고 반듯하게! 절에 부처님이 앉아
계시는 모습이 가장 이상적입니다. 동물이 공격적일
때는 자세를 웅크리고 낮춥니다. 복싱, 레슬링 선수도
시합중엔 웅크리고 있다가 한 라운드 끝나면 허리부터
폅니다. 비상사태가 해제되어 평상으로 돌아왔다는
신호입니다. 그 순간 교감신경에서 부교감신경으로,
아드레날린에서 세로토닌으로 바뀌는 등 공격에서
평화·쾌적한 상황으로 됩니다. 자세를 반듯이 하는
것만으로도 이렇게 심신의 긴장이 풀린다는 게
신기합니다.

호흡은 평상시 무의식적으로 할 때는 얕고 빠릅니다.

그러나 한국의 심신수련에선 하복부, 단전호흡을 조용히, 깊이 하라고 권합니다. 호흡이 왜 그리 중요한가는 한숨의 효과에서 분명합니다. 탐정영화나 긴박한 순간에선 숨도 못 쉽니다. 그러다 무사히 끝나면 '후유~ 살았다.' 절로 안도의 숨을 내쉬게 됩니다. 후련하고 시원합니다.
있는 자리에서 자세를 잡고 호흡에 집중하면 바로 명상입니다.

집중하기

명상을 하노라면 집중하기가 쉽지 않습니다. 우선 너무
많은 생각이 떠오릅니다. 우린 생각 중독자가
되어버렸습니다. 지난 일을 후회, 자책합니다.
그래봐야 어쩔 수도 없는 일인데. 또 일어나지도 않은
미래를 걱정하고 두려워합니다. 이런 잡념들이
떠오르는 이상 마음이 편할 수 없습니다. 하지만 이게
명상입니다. 특히 초심자에겐.

잡념이 떠오르는 건 살아 있다는 증거입니다. 산
사람이 어찌 생각이 없겠습니까. 잡념이 많다고 명상이
안 되는 건 아닙니다. 그대로 두십시오, 더구나 이를
떨치려고 싸우진 마십시오. 그럴수록 더 반발하고 힘이
세어지기 때문입니다.

그냥 가만히 두십시오. 남의 일인 것처럼. 흘러가는

강물을 바라보듯 그냥 흘려보내십시오.

그래도 잘 안될 때는 감각에 집중해 보십시오. 음악을

듣는 것, 차 한 잔 마시는 것, 흘러가는 구름을 바라보는

것…. 무엇이든 거기에만 집중해 보십시오. 그러면

어느샌가 잡다한 생각이 뒤로 물러가고 우린 '지금 여기

이 순간'에 머물게 됩니다. 음악에 집중된 순간, 아무

생각도 안 나고 그냥 음악과 내가 하나가 됩니다.

감각에 집중함으로써 생각을 밀어내고 우린 현재에

머무를 수 있습니다. 이게 명상이 주는 축복입니다.

따라서 어디에 집중하느냐에 따라 명상 이름도

달라집니다. 촛불 명상, 해맞이 명상도 있지 않습니까.

불안, 건드리지 말기

불안하면 누구도 가만히 있지 못합니다. 잠도 못
잡니다. 떨쳐버리려 해도 되질 않습니다. 결국 그런
노력은 무위로 끝나고 우린 지쳐 쓰러지고 맙니다.
이것이 불안에 패배한 인간의 처절한 모습입니다.
불안과 싸워 이길 순 없습니다. 그렇다면 결론은 분명
합니다.
이를 거부하거나 싸우려 들지 말고 있는 그대로 담담히
받아들이면서 함께 사는 겁니다. 불안은 상처와 같아서
건드리면 더욱 성을 냅니다. 그냥 가만히 두면
언젠가는 제풀에 죽어 기가 꺾이게 됩니다.
문제는 그때까지입니다. 쉽지 않습니다. 쉽게는 물론
약이 있습니다. 그러나 그게 근본 치료가 아니란 건
누구나 알고 있습니다.

명약은 명상입니다. 자세를 반듯하게 하고 아랫배로
심호흡을 몇 번 하는 것만으로도 당장 마음이
편안해집니다. 그리곤 조용히 불안을 지켜보십시오.
불안에 떠는 내 모습까지, 쫓으려도, 없애려도,
밀쳐내지도 말고, 그냥 지켜보십시오. 강가에 서서 흐르는
강물을 지켜보듯.

그러면 그게 별것 아니란 걸 느끼게 됩니다. 지나치게
과장한 내가 우습게 보일 수도 있습니다.

불안과 싸워 이기는 사람은 없습니다. 다만 함께 사는
겁니다.

말이 많으면 도리를 잃어버린다

고백하건대 나는 말이 많습니다. 다혈질이라 한번
시작해서 흥분하면, 그땐 막 갑니다. 내가 절이나
수도원을 자주 찾고 명상을 하는 것도 이와 무관하지
않습니다. 어느 수도원 벽에 이런 문구가 적혀
있었습니다. "침묵에 보탬이 되지 않는 말이면 아예
하지 마라."

난 얼른 외면해 버렸습니다.

인류 역사상 인간답게 살아 간 위인은 모두 말수가
적었다는 사실에 난 더욱 놀라곤 합니다.

요즈음 젊은이는 말을 잘 합니다. 문제는 말의 무게와
생각의 깊이입니다. 나오는 대로 말해 버리니 울림도
깊이도 없습니다. 말하기 전에 좀더 묵히고 익히고
삭이고 숙성할 시간을 두어야 합니다.

큰 지도자일수록 더욱 그래야 하겠지요.

우리가 함께하는 선 마을에는 묵상하는 시간이 많습니다.

말로 설명하기보다 스스로 느껴서 하게 프로그램이

되어있습니다. 좀 답답할 때가 있긴 합니다만.

생각하는 갈대

중학생 때 읽은 파스칼의 〈팡세〉를 다시 뒤적여
봤습니다.

'인간은 생각하는 갈대'란 구절밖에 기억이 안 났지만
그가 왜 이런 말을 했는지 궁금했습니다. 비록
갈대처럼 연약하고 초라하지만 그래도 인간은 '생각'을
하는 동물이기에 이 우주에서 가장 위대한 존재란
뜻으로 이해했습니다.

난 어쩐지 이 말에 저항감이 듭니다. 그래서 인간이
그렇게 오만방자하게 된 걸까? 자연을 파괴하고
정복하고?

내가 이 책을 다시 펼쳐든 건 그래서였습니다. 자세히
읽어보니 파스칼의 그 유명구절 앞엔 이런 말이 또
있습니다. '인간은 지상에서 한 그루 갈대처럼 참으로

약한 존재'라는 사실을 그는 확인하고 있습니다.

교만방자가 아니고 한없는 겸손이 깃들어 있습니다.

'생각을 하기'에 위대하고 생각을 하기에 한없이 약하고

겸손해야 한다는 뜻으로 다시 이해했습니다.

천지인 뜰에 지천으로 핀 갈대 앞에서 해본 생각입니다.

모두가 생각 나름

서점을 기웃거리다 어느 철학자의 수기를 읽었습니다.
이렇게 시작됩니다.

'서점을 기웃거려보라. 찾는 책도 없이! 책 제목,
저자들이 줄지어 서 있다. 지나는 당신을 유혹하려고
속삭인다. "나 좀 보세요. 빼내 보시라구요.
화끈하다구요. 오늘 밤 나를 데려가 주세요. 후회 없을
거예요. 끝내 줄거예요." 온갖 교태를 다 부린다.
이러고 보면 문학은 매춘이다. 인쇄된 하나하나의
이야기거리는 창부다. 손님 눈을 끌고 잠시 함께
지내려고. 실은 예술이란 것도 대체로 이런 범주다.
작품은 온갖 교태를 부리며 유혹한다. 결국 서점은
홍등가. 전람회장은 난교파티장이다. 문화란
파렴치하고 무절제한 것. 당신은 아마 예술가들에게

깊은 동정을 하게 될 것이다.'

대충 이런 내용이었습니다. 그러고 보니 그렇네,

처음엔 나도 웃었습니다. 하지만 점점 기분이 나빠지기

시작했습니다. 내 책도 거기에 꽂혀 있기 때문입니다.

그리 잘나도 못한 내 사진까지 표지에 걸어 놓곤 그

엉성한 꼴로 유객행위를 하고 있었습니다. 영 창피하고

기분이 나쁩니다. 베스트셀러 저자입네 하고 제법

뻐기던 아까와는 영 다른 꼴락서니입니다. 이런

제기럴, 나도 홧김에 한 마디 내뱉지 않을 수 없습니다.

'철학을 한다는 작자들은 왜 이렇게 사람 속을 뒤집어

놓곤 하지? 무슨 심뽀가 그래?'

자기 그림자

누구에게나 약점, 결점, 창피스런 일이 있습니다. 해서
우린 이를 마음속 깊이 숨겨두고 남에게 내보이려 하질
않습니다. 없는 것처럼 위장도 하기 때문에 우리
자신조차 모르고 지냅니다.

하지만 이건 대단히 위험합니다. 이걸 감추기 위해
때론 거짓말도 하고 과장도 하는 등 자신을 사기꾼으로
만들 수도 있습니다. 무엇보다 내 마음이 편치
않습니다. 남은 속여도 나를 속일 순 없기 때문입니다.

심리학자인 융은 이 비밀스러운 구석을
그림자(shadow)라고 불렀으며, 여기에도 긍정적인
의미를 부여하고 있습니다. 그 숨겨진 부분을 확인하고
수용할 수만 있다면, 자기 이해의 바탕 위에 성장할 수
있습니다.

사색과 명상, 혹은 잠시의 멈춤이 이런 계기를 마련
해줍니다. 자기 그림자를 만나면 누구나 놀랍니다. 실망이
큽니다. 아니, 이게 나의 참 모습인가, 싫은 구석도
많습니다. 정신분석과정에서 얼마간의 혼란, 우울, 실망을
경험하게 되는 건 이 때문입니다. 하지만 이를 부인하거나
피할 게 아니라 그것도 나의 한 부분으로 인식하고
받아들여야 한다는 것이 융의 위대한 통찰입니다.
나를 만나기 위해 오솔길을 걸어 보세요.
내 그림자까지 만날 수 있을 때 조금이라도 자신을 더
가까이 느낄 수 있게 됩니다.

산다는 건 대단한 일

아프리카 세렝게티. 이름 그대로 끝없는 평원입니다.
보기만 해도 시원하고 참으로 평화스럽지요. 하지만
거기엔 언제나 팽팽한 긴장이 감돌고 있습니다. 쫓고
쫓기고 먹고 먹히고, 살아남기 위한 필사의 노력을
하지 않으면 안 됩니다. 약육강식, 생존의 원리가
선명한 게 아프리카 광야의 동물 세계죠. 한가로이
하늘을 나는 새들도 눈 깜짝할 사이에 밥이 되고
맙니다.
여기선 어떻게 사느냐가 아닙니다. 그냥 산다는 그
자체뿐입니다. 이 거친 들판에 지금 이 순간까지 살아
있다는 자체가 놀랍고 가치 있는 일입니다.
산다는 건 참으로 대단한 일입니다.
한가롭고 구석진 곳이라도 좀더 가까이, 찬찬히,

자세히 보십시오. 짐을 진 개미들의 쉼 없는 행렬 하며,

바위틈을 비집고 핀 야생화, 벌레를 입에 문 새들의

경계심…, 어느 하나 쉬운 생명이 없습니다. 생명의

존귀함을 다시 한 번 확인하게 됩니다.

행복을 찾아

가을 해질녘에 바삐 고개를 넘던 나그네가 잠시 쉴

양으로 길가 바위에 걸터 앉았습니다. 땀을 닦으며

주위를 돌아보는데,

"노형, 어딜 가는 길이요?" 바위가 묻습니다.

"응, 반갑구면, 난 행복을 찾으러 가는 길이외다."

나그네의 응수에 바위가 또 묻습니다.

"그래 찾았소?"

"……"

나그네가 뭐라 응답을 하는데, 아뿔싸 가을바람 우수수

지는 낙엽소리에 그만 들리지가 않습니다. 다시

잠잠해졌을 땐 나그네는 이미 저만치 가고 있습니다.

어디엔가 자기를 기다리고 있을 행복을 찾아 또

발걸음을 재촉하고 있는 길이겠지요. 지치고 허기진

나그네가 어둡기 전에 주막집이라도 찾을 수 있으면
좋을텐데, 날은 저물고 험한 고갯길이 아직 한참이
남았는데, 바위는 몹시 걱정이 됩니다. 그리고 나그네와의
짧은 만남이 못내 아쉽습니다. 좀더 내 등에 올라타 땀을
식히고 편안히 쉬었다 갔으면 좋을 텐데, 못다한 이야기도
나누고.

"쯧쯧, 행복이 별건가."

절간 선방에 굴러다니는 이야기입니다.

Here & Now

정신과 환자는 이미 지난 일로 고민하고 분노하고
후회합니다. "What is done is done" 셰익스피어가 한
말입니다. 이미 끝난 일, 지금 와서 어떻게 해 본 들 그
사실이 바뀌진 않습니다. 그런데도 그 과거에 집착해,
현재의 삶을 망치고 있는 것입니다.

또 그런가 하면 아직 닥치지도 않은 미래 일을
걱정하는 나머지 잠도 못 자고 불안해 어쩔 줄
모릅니다.

이런 환자의 정신 치료에는 오직 'Here & Now' 지금,
여기, 바로 이 순간만이 의미가 있는 것. 지금 여기를
잘 살자고 강조합니다.

크리슈나무르티는 "지금 이 순간이 내게 주어진
마지막인 양 살자"고 했고,

임제 선사도 "바로 지금이지 다시 시절은 없다"고
했습니다.
'지금 여기'는 우리에게 항상 가장 중요한 의미여야
합니다.

정지된 시간 속에

네팔, 히말라야 산 속, 맑은 계곡, 공기 그리고 푸른
하늘, 만년설 위에 흰 구름이 한가로이 떠 있습니다.
아무 소리도 들리지 않고 문득 시간이 정지된 듯한
느낌입니다.
어쩌다 마주치는 원주민의 모습에도 시간의 흐름을
느낄 수 없습니다. 이들은 세기가 열린 까마득한
태곳적부터 지금껏 그때 그대로 살고 있습니다.
움막집, 양털 옷, 양젖 수프, 어느 하나 변한 게
없습니다.
인간과 자연의 일체입니다. 이들에겐 산다는 것의
어려움도, 괴로움도 없을 것 같습니다. 자기 존재마저
잊고 유구한 시간의 흐름 속에 아무런 저항이나 몸부림
없이 그냥 그렇게 맡겨 온 것이죠. 만년 전에도 이랬을

것이고 만년 후에도 이럴 것입니다.

아무 일도 않고 모든 게 정지된 시간 속에 그냥 온몸을

맡긴다는 것, 참으로 느긋하고 기분이 좋습니다.

건망증과 창의성

당장의 단기 기억은 뇌 깊숙이 있는 변연계의 해마가
담당하고 있습니다.

기억능력은 30대 전반까지 절정을 이룹니다. 그때는
호기심도 많고 자극도 많아서 수개월 단위로 신구
교체되는 해마의 신경세포가 활성화되기 때문입니다.
특히 긍정적인 자극으로 가득할 때는 해마의
신경세포가 젊을 때보다 나이가 들어 더욱 발달한다는
게 최근의 보고입니다. 그리고 70대에도 해마의
신경세포가 증식한다는 보고는 늙으면 기억이
줄어든다는 그간의 정설을 완전히 뒤엎어버렸습니다.
그러나 해마의 기억기능은 아주 불안정해서 한순간의
기억은 15초 전후해서 90퍼센트는 잊어버리고 맙니다.
창의적이고 건강하고 유능한 인재는 잊어버리길 잘

합니다. 꼭 필요한 것만 기억하되 잡다한 건

잊어버립니다. 새로운 걸 기억할 공간을 만들어 주기

위해서입니다.

잘 잊는다는 건 그만큼 새것을 기억하기 쉽게 합니다.

필사적인 웃음

존 35세. 예일대 출신, 뉴욕의 광고회사, 출퇴근이 따로
없습니다.

회의, 고객, 밤샘작업, 줄담배, 커피, 프레젠테이션,
퇴짜 맞고…. 다시 하고.

이건 전쟁입니다.

하지만 그것도 잠시, 어느덧 은퇴가 임박했습니다.

30대 중반이면 광고업계에선 퇴물이죠.

그가 라스베이거스를 찾은 건 웃기 위해서입니다. 별
재미없는 쇼에도 웃습니다. 아니 웃어야 합니다.

필사적으로 웃어야 합니다.

우린 여기서 미국인의 삶의 비장함을 느끼게 됩니다.

우린 좀처럼 웃지 않습니다. 이 각박한 세상에
웃음이라니? 하지만 그런 사람일수록 웃음이

필요합니다. 그러나 설마 당신도 미국의 존처럼 그렇게 절박한 웃음이 필요하진 않길 바랍니다.

혼자는 원래 없다

공동체 마을에서 잘 묻는 말입니다.

"옷을 이렇게 내가 입기까지 얼마나 많은 사람들의 손을 거쳤을까요?"

"천이 무명이니까 밭 가는 농부, 목화를 따는 사람이 있어야겠지요. 목화를 운반하는 사람, 씨를 터는 사람도! 방직공장, 디자이너, 재단사, 유통 시장…."

이렇게 많은 사람들의 손을 거친 옷을 지금 내가 입고 있습니다. 그런 생각을 하노라면 우린 결코 혼자일 수 없고 외로워질 수도 없습니다. 많은 사람들의 보살핌 속에 오늘 내가 이렇게 있는 것입니다.

어찌 옷만 이겠습니까.

감사의 염이 절로 납니다.

밥 한 끼 먹는 일도 생각해 보면

온 세계 사람들에게 우린 신세를 지고 있습니다.

과일 하나도 지구 끝 남미에서 오고 있으니 말입니다.

비틀스의 기적, Let it be

세계인의 가슴을 흔든 비틀스의 노래 한 구절,

– 어려울 때, 우울할 때 Mother Mary가 속삭여 주는

지혜의 말씀, Let it be–

한데 이 Let it be의 번역이 쉽지 않습니다.

'그냥 그렇게 두어라' '그대로면 어때, 그대로도

괜찮은 걸' 대체로 이런 뜻입니다.

하지만 이건 10대의 철부지 입에서 쉬 나올 수 있는

말이 아닙니다.

40대는 넘어야 비로소 그 말에 깊이와 무게가

실립니다. 내가 이 노래를 듣고 놀란 건 그래서입니다.

이 대목에서 비틀스의 표정이 무척이나 진지합니다.

10대 철부지들이 노래 하나로 세계인의 심금을 울린

비틀스.

거기엔 한 멤버 중의 엄마, Mary의 체험과 슬기가
젖어있기 때문입니다.

요즈음 우리 사회엔 어른이 없습니다. 온통 젊은 목소리만
요란해서 어쩐지 불안할 때가 더러 있습니다.

늙은이의 소심공포증이 아니길 빕니다.

우리는 나머지 세상으로부터 분리된 별개의 존재가 아니다.
세상이 우리요, 우리가 세상이다.
- 달라이 라마 -

제4장

자연을 위한
해피니스 폴더

아름다움이란

오월 훈풍에 연초록 잎들, 뻐꾸기 울고, 온 우주가
새로운 희망과 환희에 넘쳐나는 이 순간, 문득 슬픔
같은 기분이 밀려오는 건 또 무슨 사연일까요.
앗, 하는 사이 봄날은 가고 성큼 찾아 온 여름, 가을,
짙은 녹음이 단풍으로 물들고 지고 그리고 겨울, 모든
자연은 나름의 삶을 마감하고 사라져 갑니다. 이런
변화 속에 나도 늙고 그리고 이 순간도 지나면 영원히
오지 않는 것, 그 아쉬움이 절절하게 가슴에
와 닿습니다. 아! 이 순간의 소중함이라니!
"헤어져 가는 것에 사랑을 느낀다는 것. 이 얼마나
부조리인가." 어느 시인의 독백입니다.
떠나는 것, 헤어지는 것, 왜 거기에 더 진한 사랑을
느끼게 되는지 그래서 안타깝고, 그러기에 아쉽고

슬프고, 그게 아름다움의 속성일까요.

이 아름다운 자연이 변해가고 사라져 간다는 게 아쉽긴

하지만 그렇게 보낼 수밖에 없는 게 또한 자연의

속성이기도 합니다.

다시 못 본다는 절망이 사라져 가는 것을 더 아름답게

만들어버리는 아이러니, 사람은 안 그러는 게 좋지

않을까요? 있을 때 잘하라는 말처럼.

보이지 않는 어떤 힘

땅을 파봐야 흙덩이 뿐, 하늘을 휘저어 봐야 텅 비어
있는데, 우주 만물이 거기에서 태어나 생존해 간다는
것. 생각할수록 신비롭기만 합니다. 보이지 않는 큰
힘을 느낄 수밖에 없습니다. 우주엔 이렇게 신비스럽고
위대한 힘으로 충만해 있습니다.

잠시 피고 지는 풀잎 하나에도 전 우주의 신비스런
힘이 작용하고 있습니다. 전 우주의 보이지 않는 힘을
흡수하기 위해 뻗쳐 있을 뿌리의 크기, 깊이 그리고
넓이는 상상을 초월합니다.

하물며 인간이랴.

태어나는 순간부터, 전 우주의 신비스런 힘, 보이지
않는 힘에 의해 인간의 생명은 유지되고 있습니다.
이것만으로도 인간은 정녕 위대한, 전 우주적인

존재입니다.

'기적은 사람이 물 위를 걷는 게 아니고 땅 위를 걷는 것이다.'

어느 선사가 한 말입니다.

선 마을의 천지인 뜰에 누우면 누구나 철학자가 됩니다.

저녁노을 앞에

시베리아 벌판에 착한 농부가 살았습니다. 해가 뜨면
밭에 나와 일하고 해가 지면 집으로 돌아가는 착한
농부였습니다. 그날도 온종일 일하다 문득 뒤돌아보니
거대한 태양이 막 지평선 너머로 지고 있었습니다.
그날따라 너무나 아름답고 황홀했습니다.
농부는 순간 들고 있던 삽을 놓고 지는 해를 향해 걷기
시작합니다.
거대한 태양 속으로 빨려 들 듯, 들을 가로질러 내를
건너 숲 속을 지나 끝없이 갑니다. 해가 지고 아름다운
황혼이 하늘 가득히 펼쳐집니다. 농부는 계속 그쪽을
향해 가고 있습니다. 이윽고 사방이 어두워집니다.
춥고 배고픔에 지친 농부는 쓰러지고 끝내 이리떼의
밥이 되고 맙니다.

러시아 정신과 의사는 이런 현상을 '시베리아

히스테리'라고 불렀습니다.

학술적 진단으로는 틀리진 않습니다.

하지만 이걸 정신과적으로 진단하기엔 너무나 슬픈,

그러나 아름다운 이야기가 아닐 수 없습니다.

나팔꽃을 피우는 힘

여름날 아침에 해맑은 나팔꽃을 만날 수 있다는 건
신선하고 잔잔한 기쁨입니다. 우린 이 나팔꽃이 아침
태양의 밝고 따스함으로 인해 활짝 피는 걸로 알고
있습니다.

한데 얼마 전에 한 일본 학생의 예리한 관찰기를 읽고
잠시 생각에 빠져 들었습니다.

나팔꽃이 아침에 피는 것은 '밝고 따뜻한 햇빛이
아니고, 밤새 어둡고 싸늘함'이 있어야 한다는
사실입니다. 실험적으로 밤에도 따뜻하고 밝게 해주면
아침이 와도 꽃은 피지 않는다는 것입니다. 사연을
듣고 보니 나팔꽃이 더 소중해 보입니다. 그리고 잠시
고개가 숙여집니다.

"애썼다. 어젯밤 힘들었지?"

밤을 새워본 사람만이 새벽의 밝음에 감동할 수 있습니다.

한낮의 뜨거운 태양 아래 땀 흘려 일해 본 자만이 저녁이

가져다주는 편안한 부드러움에 젖어들 수 있습니다.

우는 걸 아는 자만이 진정 웃을 수 있습니다. 어두운

절망의 바다에서 헤매 본 자만이 밝은 희망을 품을 수

있습니다. 감동을 주는 바닥엔 힘겹고 아픈 진통의 과정이

깔려 있습니다.

흙에 앉으면

흙에 풀썩 주저앉으면 마음이 편안해집니다. 여유롭고
느긋하고 풍성합니다. 흙을 뒤집어쓰고 흙 속에 뒹굴며
깔깔대는 아이들도 무척 행복해 보입니다. 감자 캐기,
고구마 캐기 하는 도시인의 표정이 참 부드럽습니다.
땀을 뻘뻘 흘리면서도 지치긴커녕 마냥 즐겁기만
합니다. 학자들은 이를 '변연계 공명' 이라 부릅니다.
이게 흙이 주는 마력일까요? 대지는 생명의 모체,
모성적인 대지에 앉으면 엄마 품에 안기듯
편안해집니다. 왜 그럴까요?
좀 딱딱한 과학적인 설명도 있습니다. 인간이 가장
편안할 때의 뇌파는 8헤르츠(Hz)입니다. 잠들기
직전이나, 긴장을 풀고 느긋할 때, 혹은 명상을 하는
동안 걱정거리와 스트레스가 줄어들면서 변연계 하부

기능은 아주 맑고 또렷해집니다. 이때도 뇌파가
8헤르츠죠.

기공사가 기를 발할 때 체온이 높아지면서 표피의 진동
파동이 8헤르츠가 됩니다. 그리고 지표와 전리층
사이에 일어나는 지구파동(슈만파동)도 8헤르츠, 이게
모두 우연의 일치일까요? 과학적 연관성이 규명되진
않았지만 같은 파동의 8헤르츠가 지구파동과
공명현상을 일으킨 건 아닐까 하는 설명은 충분히
가능합니다.

흙에 앉아 느긋한 기분에서 해본 단상입니다.

국화 앞에서

'한 송이 국화꽃을 피우기 위해서 봄부터 소쩍새는
그렇게 울었나보다'
서정주 시인의 감성은 놀랍습니다.
그렇습니다. 국화꽃은 그냥 쉬 피지 않습니다. 나팔꽃이
피는 사연만큼이나 길고 깊은 진통이 필요했습니다.
겨우내 얼은 대지 속에 잔뜩 웅크린 채 봄을 기다려야
했습니다. 이른 봄, 딱딱한 가지에서 움이 트고 잎이
납니다. 이슬, 공기, 태양, 비를 맞고 바람이 불고
서리가 내립니다. 국화 한 송이를 피우기 위해 이렇듯
땅에서 하늘에서 전 우주가 참여하고 있습니다.
어디 국화만이랴. 이런 생각을 하노라면 길가에
아무렇게나 핀 들꽃 하나에도 발길이 멎지 않을 수
없습니다.

자연과 더불어

강물 보고 절하고 바위 앞에 엎드려 소원을 비는 우리
할매. 큰 나무에 새끼줄 매어 놓고 마을의 안녕을 비는
우리 조상네를 비웃는 사람도 있습니다. 미신이다,
우상숭배다, 탓하는 사람도 있습니다.

나도 학교에서 그런 교육을 받았습니다. 이젠 생각이 좀
달라졌습니다. 자연을 숭배하고 경외하는 우리 조상들의
수천 년 전통을 그렇게 웃어넘길 일이 아니구나 하는
생각이 듭니다.

요즈음 자연파괴가 심각합니다. 드디어 지구가 인간과의
공생을 포기, 반발하기 시작했습니다. 근년의
기상이변은 이변이 아닌 인간이 자초한 재앙입니다.

'자연은 인간을 위해 존재하며 풍요로운 인간생활을
위해 봉사해야 하며, 이용, 개발돼야 한다'는 인간중심의

서구적 사상이 빚은 불행입니다. 과연 인간만을 위해 이 지구가, 우주가 존재 하는 것일까요? 이제야 자연보호니 하고 수다를 떨지만 그 역시 인간중심에서 벗어나지 못한 증거입니다. 지나친 자연파괴로 인간이 못살게 되었으니, 이제야 보호해야겠다는 얄팍한 생각입니다. 자연은 보호대상이 아닙니다. 인간도 자연의 일부이며, 같은 생명체로서 다른 모든 생물에도 생명이 깃들어 있다는 사실을 외면해선 안 되겠습니다. 자연을 정복, 지배, 관리, 이용한다는 생각에서 벗어나, 자연과 함께 더불어 산다는 생각으로 바뀌어야 합니다.

그러기 위해선 자연에의 외경심이 있어야 합니다. 우리 조상들의 자연과의 평등사상이 현대인에게 구원의 길을 열어 줄 수 있을 것으로 믿어봅니다.

자연의 리듬에 따라야

자연계는 일정한 리듬이 있습니다. 밤낮, 사계절,
조수의 간만…. 우주는 일정한 리듬에 따라 돌아가고
있습니다.

인간도 우주의 일부, 우주의 리듬에 따라 생활하는 게
가장 자연스런 상태입니다.

수백만 년 사람은 밤에 잤습니다.

불행히 현대 도시엔 밤이 없습니다. 밤을 새고 나온
사람을 보십시오. 부스스한 얼굴, 까칠한 피부, 여드름,
여자는 생리의 리듬도 난조에 빠집니다.

대우주의 리듬을 거부하다니! 참으로 가당찮은
도전이요, 만용입니다. 인간의 오만입니다.

밤엔 기초대사를 떨어뜨려 잠이 오게끔 DNA에
프로그램되어 있습니다. 그리고 해가 뜨면 슬슬

활동기로 바뀌게 되면서 밭에 일하러 나갑니다. 인간이
밤에도 불을 밝혀놓고 낮처럼 활동하기 시작한 건 그리 먼
이야기가 아닙니다.

밤에는 자도록 프로그램 된 DNA는 아직 그대로인데
낮처럼 활동한다는 그 자체만으로 몸에 무리가 갑니다.

경쟁 사회에 초저녁부터 잘 수 없는 각박한 세상이긴
하지만.

살찐 오리

어느 철학자 수첩에서 읽은 이야기입니다.

스위스 호수에 철새들이 찾아옵니다. 이들을 사랑하는
호숫가 한 노인이 먹이를 주기 시작했습니다.

오리 떼들은 살판났습니다. 이젠 철 따라 먹이를 찾아
그 먼 죽음의 여행을 하지 않아도 됩니다. 어느덧
철새는 철이 되어도 그곳을 떠나지 않고 눌러 사는
텃새가 되었습니다. 철새들은 편안하고 한가한 나날을
보낼 수 있게 되었지요. 한데, 어느 해 봄날 알프스의
얼음이 한번에 녹으면서 거대한 빙하가 호수를
덮쳤습니다. 철새는 놀라 달아나려고 했지만 몸이
무거워 날아오를 수가 없습니다.

〈살찐 오리〉라는 제하의 글은 우리 인간에게 많은 걸
시사해 주고 있습니다. 철 따라 수만 리를 날아야 하는

철새는 무엇보다 자기 몸 관리가 철저해야 합니다. 날렵한
몸매에 강한 날개 짓을 할 수 있어야 합니다. 그리고 먼
하늘을 날면서 기류의 변화 등에 민감하게 반응할 수 있는
고도의 감각기관이 언제나 예리하게 작동 할 수 있어야
합니다. 위협을 예감할 수 있는 예리한 감각까지.
모든 생물은 주어진 환경에 적응할 수 있도록
수백만 년 다듬어져 왔습니다.
그걸 하루 아침에 바꾼다는 건 만용입니다.

벚꽃이 피면 비가 오고

벚꽃은 화사합니다. 그러나 피어있는 기간이 너무
짧습니다. 거기다 벚꽃이 피면 왜 그리 비가 오고
바람이 센지, 못내 애석합니다.

이건 분명 자연의 심술입니다. 생각해 보면 조물주가
벚꽃을 너무 아름답게 만든 게 아닌가 싶습니다.

만들면서 잠시 한눈을 팔았겠지요. 깜빡하는 사이 너무
아름다워져 버린 것입니다.

이놈이 피면 주위를 압도해 버립니다. 다른 꽃은 아예
보이지도 않습니다. 이건 공평하지 못합니다. 비가
오고 바람이 센 건 그래서입니다. 주위와의 균형을
생각해 빨리 지게 해야 하기 때문입니다.

정신과 상담실에서 가끔 보는 일입니다. 세상에 모든
걸 다 갖춘 사람, 모두가 부러워하는 사람,

이 사람에게도 걱정거리가 있었나 하고 놀란 적이
있습니다. 상담실에서 만난 그의 표정은 평소의
당당함과는 너무도 다릅니다. 하늘의 시샘이라고 밖엔
달리 생각이 안 듭니다.
이 멋진 우리 선 마을엔 겨울이 빨리 찾아오고 그리고
아주 춥습니다.

스프링 북

아프리카에는 스프링 북이라는 묘한 이름의 꽤나 성질
급하고 욕심 많은 사슴 떼가 살고 있습니다.
거기도 겨울이 있는지 비도 없는 건기가 계속 되면
메마른 대지엔 풀 한 포기 없습니다. 모든 짐승들이
굶주림에 시달려야 합니다.
그러다 봄이 오고 비가 오면 메마른 대지에 파란 풀이
솟아나기 시작합니다. 짐승들은 활기에 넘칩니다.
스프링 북 사슴 무리도 바쁘게 되었습니다.
한발이라도 앞서 좋은 풀밭을 차지하려고 마구
달립니다. 얼마나 달렸는지 이윽고 절벽, 그러나
뒤에서 계속 밀려오는 무리 때문에 그대로 떠밀려
떨어지고 맙니다. 풀 한 잎, 물 한 모금 마셔보지도
못하고 마치 자살이나 하듯 그렇게 생을 마치게

됩니다.

우리 주변에도 그런 사람이 더러 있습니다. 나 자신을

돌이켜 봐도 꽤나 허둥대고 쫓겨 살아온 것 같습니다.

사색의 길을 오르내리며 혼자 고개를 저어야 할 때가 더러

있습니다.

낙엽귀근

낙엽이 지면 뿌리로 돌아갑니다. 봄에 싹이 터서 꽃을

피우고, 열매, 짙은 녹음, 단풍, 그리고 이윽고 낙엽.

다시 흙으로 돌아가는 게 자연의 순리입니다. 그러나

낙엽귀근은 이런 단순한 순환론은 아닙니다.

죽은 자기 몸이 보다 근원적인 모(母)적인 자연,

우주의 일부로 회귀하는 것입니다. 거기엔

소아(小我)는 이미 없고 보다 큰 우주적인 내가

부활하는 장입니다.

흙으로 돌아가 거름이 되어 대지의 생명력에 더해져

나무를 타고 올라가 새싹을 틔우고 잎이 되어 하늘의

기운, 전 우주의 기운과 합류하여

천지조화(天地造化)를 이루는 장대하고 신비스런

드라마의 장에 참여하게 되는 것입니다. 우주와 하나가

되는 천지합일의 감동적인 순간들입니다.

이럴 때 비로소 우리는 새로운 생명력으로 부활하며

위대한 자연의 일부로 환원하게 되는 것입니다.

썩지 않는 나무, 돌로 된 관도 있습니다만, 어느 세월에

자연의 일부로 새롭게 탄생할 수 있을지.

하늘을, 구름을

하늘을 쳐다본 적이 언제인가요? 행여 내 삶에서
하늘을 잃어버리고 산 건 아닌지요.
큰 대자로 누워 무변광대한 하늘을 쳐다보노라면 내가
하는 고민거리는 너무도 작고 하찮은 것이 되고
맙니다. 그리고 저 구름, 저보다 더 아름다운 창조가 또
있을까요.
하늘과 구름은 우리를 어디론가 끌고 가는 마력이 있는
것 같습니다. 모든 걸 훌훌 떨치고 거침없이 떠나고
싶지 않습니까? 구름처럼 제멋대로, 메임도 없이, 틀도
없이, 자유로이!
잠시 눈을 들어 쳐다보는 것만으로 이렇게 아름답고
황홀한 세계가 저기 저렇게 언제나 펼쳐 있는 것을!
이 모두가 당신의 것입니다.

오늘, 천지인 뜰에 누워 하늘을 보고 구름을 보고 무슨
이야기를 하려 하십니까?

모닥불

캠프파이어, 이윽고 불이 붙으면 사람들은 함성을
지릅니다. 오늘은 운 좋게 큼직한 노루 한 마리
잡았으니 이제 곧 동네잔치가 시작될 참입니다.
불길은 이렇게 사람을 흥분, 고양시킵니다. 원시인의
사육제 분위기가 연출되기 때문입니다.
차츰 불길이 잦아들면 함성, 합창 소리도 함께
잦아들고 사람들은 하나 둘 잠자리로 흩어집니다. 이제
몇 명만이 모닥불 가에 둘러앉았습니다. 둘러보면 온
세상이 캄캄합니다. 온 우주의 기운이 여기 모닥불에
초점이 맞추어져 있습니다. 밤 공기가 무거워지고 노
교수의 인생 이야기에 모두들 빠져듭니다. 모닥불에
빨갛게 익은 볼들, 한없는 정겨움, 가까움, 따뜻함을
느끼게 됩니다. 우리들 가슴 깊은 바닥에 알 수 없는

울림이 공명을 일으키고 있음을 느낍니다. 이게 모닥불의 마력입니다.

원초적 심성의 울림, 공명, 모닥불은 인류의 태곳적 본성을 일깨우는 힘이 있습니다.

이런 현상을 학술용어로는 Limbic Resonance(변연계 공명)이라 부릅니다. 변연계는 대뇌 고위중추 아래 원시 뇌 사이를 가로 질러 있는 시스템으로서 인간의 원초적 감성의 본향입니다.

대뇌의 경쟁, 세속적 욕심과는 무관한 동물적 수준의 원초적인 순수한 감성, 여기엔 잘나고 못나고가 없는 순수 그 자체입니다. 해서 순수체험이라고도 합니다.

한 톨의 밀알이

미국 아이오아 대학에서 한 실험입니다.

사방 30센티미터의 나무통에 밀 한 톨을 심었습니다.

이윽고 싹이 트고 자라 몇 톨의 열매도 달렸습니다.

연구진들은 통을 부시고 뿌리의 총 길이를

재보았습니다. 전자현미경까지 동원해 모세근까지 다

재어본 총 길이는, 놀라지 마십시오.

1만 1,200킬로미터. 경부선 왕복 800킬로미터를 14번

오가는 길이입니다.

와! 자연의 위대함에 다시 한 번 큰 감동을 받습니다.

나무통 흙 속에서 싹이 튼다는 것부터 신기한

일입니다. 열매를 맺기까지 혼신의 힘을 다한

것입니다. 그 비좁고 열악한 환경에서. 잔뿌리를 뻗어

흙 속의 자양분을 흡수해 이윽고 한 포기 밀로 자란

것입니다. 몇 톨 안 되지만 열매가 맺기까지 비를 맞고
바람에 흔들리며 이슬과 안개 속에서 어두움과 차가움을
이겨내고 태양과 따스함을 맞으면서…. 대지와 하늘과,
그야말로 전 우주가 참여한 결실입니다.
누가 이 밀을 두고 연약하다느니 초라한 수확이라느니
불만을 할 수 있으리오. 밀은 이렇게 자라 생존한
것만으로도 정녕 위대한 것입니다.

몸살이 주는 축복

더러 앓아 보셨죠? 고열, 오한, 온몸이 쑤시고 아프고
물도 안 넘어 갑니다.

무리를 하다 몸살이 난 것이죠. 며칠 전부터 골치도
아프고, 피곤하다, 쉬라는 신호를 우리 몸이 계속
보내는데도 듣질 않고 강행군한 탓입니다.

이러다 사람 죽이겠다는 게 조물주의 판단, 그래서
내린 게 몸살입니다. 꼼짝 말고 쉬라는 경고입니다.

입맛도 앗아갑니다. 밥이라도 먹으면 이 미련한 사람이
먹고 또 일하러 나갈 테니까. 푹 쉬라는 신의 선물이요
축복입니다. 생각하면 고마운 일이죠. 그만큼 열심히
뛰었다는 증거입니다. 몸은 아파도 자부심이 넘칩니다.

앓고 난 후엔 비 온 후 죽순처럼 한마디 성큼 자란
느낌이 듭니다. 성숙과 지혜는 나이 위에 절로 쌓이는

게 아니란 걸 실감하게 됩니다. 열심히 살고 아픔을
견뎌낸 자에게만 오는 고통의 축복입니다.

선 마을에 오신 것을 축하드립니다. 앓는 셈 치고 푹 쉬다
가시기 바랍니다. 당신은 그럴 자격이 있습니다. 그리고
이 휴식이 필요합니다. 진짜 '큰 몸살' 앓기 전에.

그대로에 상처내지 않기

TV 동물의 왕국에 자주 나오는 케냐의 세렝게티.
어쩌면 원시의 세계가 아직도 저렇게 그대로 보존 될
수 있는지 신기하기만 합니다. 하지만 그곳에는
마사이 족이 수만 년 삶의 터전을 일구어 살았습니다.
50년 전 쯤 국립공원으로 지정되면서 이웃으로 이주를
갔지만 신기하게도 그 넓은 들판에 사람이 살았던
흔적이 없습니다.
마사이족에겐 인간이 만물의 영장이라는 오만
방자함이 없습니다. 짐승 중 한 마리요, 나무 중 한
그루일 뿐입니다. 이러한 자연관이 그런 기적을 남겨
놓은 것이죠. 개발에 낯익은 우리에게는 대단한
감동이요 충격이었습니다.
하긴 우리 옛 조상도 영산 신앙이 돈독했습니다.

산에 든다고 했지 등산이라는 말도 쓰지 않았습니다.

등산도 서구 문물이 개발의 흉물과 함께 들어오면서 생긴

말입니다. 산정에 올라 야호! 하는 고함소리는 인간의

오만 방자의 징표입니다. 인간이 무슨 권리로 산짐승을

놀라게 한다는 말인가요?

우리 선 마을은 잠든 숲을 깨우지 않으려 조심합니다.

달 없는 밤에는 겨우 길만 보이게 간접 조명을 하고

밤 10시면 완전 소등. '어둠과 고요와 멈춤' 의 시간을

숲에 돌려주려고 합니다. 그리하여 우리도

야생의 세계로 합류하는 소중한 경험을 할 수 있게 되기를

빕니다. 밤의 운치를 살리느라 살아 있는 나무에 태양보다

밝은 조명을 비춘다는 것은 인간의 무지한 폭력입니다.

정적의 소리

정적의 소리를 들어 본 적이 있습니까? 그게 어떤
소리인지 표현할 길은 없지만, 온 천지가 너무나
조용해서 무언가 들릴 듯한 그런 소리입니다.
우리가 여기를 마을 터로 정한 건 실은
그래서였습니다. 길에서 오리 길을 돌아 오르다보면
어느 샌가 나가는 길이 보이지 않습니다. 연꽃처럼
산으로 둘러 쌓여 밖에서 전쟁이 나도 모를 은자의
쉼터입니다. 물소리, 새소리, 바람소리가 어우러진
자연의 소리는 그것만으로도 마음이 안정되고
치유적입니다. 자연의 화음은 자세히 들어보면 리듬이
같은 것 같으면서 같지 않은 묘한 '흔들림'이 절묘한
균형과 조화를 이루고 있습니다.
여기에 풍경을 달고 등 넘어 멀리 종을 달아 자연음의

감동을 더 했습니다. 멀리 등 넘어 종소리에 문종성 번뇌단(聞鐘聲 煩惱斷)의 경지에 들어갔으면 좋겠습니다. 아시지요. 공해 가운데 가장 악질이 소음 공해란 사실을? 사람을 미치게 만들 수도 있습니다. 경적소리, TV, 전화벨, 소음 공해로부터의 해독에는 자연의 소리 밖에는 없습니다.

사색과 명상을 주제로 하는 마을이라 고요는 무엇보다 필수적 요건입니다. 미국의 명 등산 코스는 예약제로 되어 있습니다. 사람 소리가 그리워 오는 게 아니라는 이유에서입니다. 일정한 간격을 두고 올라가고 서로는 소곤거리는 대화를 하기 때문에 방해가 되지 않습니다. 우리 선 마을도 정적이 잠든 그런 곳입니다.

맨발로 대지를

유명한 외과의사가 위암 수술을 받게 되었습니다.

한데 막상 배를 열고 보니 만성 위염으로 밝혀졌습니다.

집에서 요양하고 있는 그를 찾아갔을 때였습니다. 맨발로

마당 잔디를 밟고선 채 태양을 쳐다보고 있었습니다.

"이봐 무슨 생각을 해?"

"응, 이렇게 내 발로 땅을 딛고 설 수 있다는 것, 온몸으로

태양을 받을 수 있다는 것, 산다는 게 이렇게 큰 기쁨으로

충만한 것인 줄 미처 몰랐네."

맨발로 대지를 밟고 서면 싸늘한 기운이 발바닥을 통해

온몸을 감돌아 흐르는 걸 느낄 수 있습니다. 온몸의 세포

하나하나가 맑게 정화되어 신선한 활력으로 넘쳐 납니다.

그리고 하늘을 보면 하늘, 땅, 사람, '天地人'이 하나가

됩니다.

가장 나중 된 자가 가장 먼저 이룰지니
— 성경 —

제5장

새 희망을 위한
해피니스 폴더

인생의 오후

'50이 되었으니 지금부터 내 인생의 오후가
시작된다.'
안 린드버그의 자전적 에세이 〈바다로부터의 선물〉은
이렇게 시작됩니다.
50회 생일을 맞아 1주일간 혼자 해변을 거닐면서 자기
인생을 돌아보고 앞으로의 삶을 생각하며 쓴 글입니다.
그는 대서양 횡단을 한 남편 린드버그에 가려 잘
알려지진 않았지만, 그이도 저명한 사회학자요 미국
최초의 여류 비행사, 다섯 아이의 엄마 그리고
저술가였습니다.
드넓은 바다에 해가 뜨고 지고 그리고 눈부신 정오의
태양을 바라보며 '인생의 오후가 시작된다'고 읊조린
그의 감성이 놀랍기만 합니다.

오전은 앗! 하는 사이에 지나갑니다. 거기다 단조롭고.

그러나 하루의 오후가 길고 복잡하듯 100세 시대 인생의

오후도 길고 다양합니다.

그리고 실은 여기가 인생의 승부처입니다. 후반전을

이겨야 진짜 이기는 겁니다.

점심 느긋하게 잘 드셨는지요? 전반전 그대로 뛸 것인지

아니면 다른 길로 갈 것인지 당신의 오후 인생여정이

궁금합니다.

다 쓰고 가자

나이가 들면 수입은 없는데 재산이 곶감 빼먹듯 자꾸
줄어만 드니 인색해질 수밖에 없습니다.
더구나 이부자리 신세라도 지게 되면? 하지만 이건
과잉 걱정입니다. 일본의 노인 정신의학자 와다 교수의
조사에 의하면 실제로 아파서 드러눕는 평균은
8.5개월, 몇 해가 되는 노인도 있지만 이건 예외입니다.
병석에 드러눕고 수일 혹은 한 달 이내에 영면하는
경우가 대부분입니다.
그때를 대비해서 안 쓰고 갖고 있겠다? 아닙니다.
그때는 사경을 헤매는 의식 불명이라 돈이 있는지
없는지도 모릅니다.
그 며칠을 위해 몇십 년을 쓰지 않고 벌벌 떨고 있을 순
없습니다.

'맛있는 것도 사먹고 여행도 가고 후배들 불러다 술도
한잔 사고 있는 것 다 쓰고 가자. 모자라면 사는 집도
담보로 쓰자. 의료비보다 노는 데 쓰자.'
마음에 듭니까? 많이 남겨야 아이들 싸움만 붙입니다.
노후대비는 보다 과학적으로 해야 합니다.

노인력(老人力)

노화에 가장 민감한 뇌 부위는 전두엽입니다. 관리를
잘못하면 80세에 30퍼센트나 감소합니다. 전반적인 뇌
위축이 6~7퍼센트에 비하면 아주 큰 것이지요. 특히
전두 전야는 더욱 심해서 여기가 위축되면 자발성,
의욕, 창조력, 감정 컨트롤 등이 떨어지며 본격적인
정신적 노화 조짐을 보입니다.

전두엽이 젊어 있어야 합니다. "많이 배우고, 일도
하고, 많이 놀아라." 이것이 전두엽 관리를 위한 장수
건강 학회의 추천사항입니다.

누군가 노인력(老人力)이라는 매력적인 말을
썼습니다. 건망증이 오거든 '나쁜 것 싫은 것들을 잊을
수 있는 능력'이 생긴 것, 정력이 떨어지거든, '세속적
욕구에 집착하지 않을 능력'이 생긴 것, 이게

노인력이라는 주장입니다. 생각을 바꾸면 새로운 능력이
생깁니다.

깊은 지혜와 슬기, 삶의 진한 맛을 음미할 수 있는 것도
노인력이 아닐까요?

아직 그런저런 걱정은커녕 생각도 안 해보셨다면
축복받은 인생입니다. 나이가 몇 살이든 간에.

최근 졸저 《에이징 파워》를 쓰게 된 사연이 여기
있습니다.

늙어서 더 잘하게 되는 것

정신적 조건은 어떨까요? 미네소타 대학의 연구에
의하면 70대 후반 노인의 치매 발병률은 4퍼센트, 뇌의
위축은 80세에 겨우 7퍼센트일 뿐 실용 기능면에서는
아무 문제가 없습니다. 최근 기억력이 좀 떨어지긴
하지만 산전수전 겪은 경험, 지혜, 축적된 지식 그리고
끈기 등으로 생산성에서 젊은이를 압도합니다.
하버드대 가드너 교수의 다원적 지능 구성 요소를 보면
더 확실해집니다.

언어적 능력 · 논리 수학력 · 공간 행동력 ·

자기 이해 능력 · 인간관계 능력 · 자연탐구 능력

이 가운데 언어적 능력은 중년이 되면서 현저히

발달합니다. 말 한마디의 의미, 연상 능력 등은 학습이나
경험이 풍부할수록 커집니다. 자기를 아는 능력, 인간
관계력, 최근에 추가된 자연탐구 능력 등도 나이와 밀접한
관계가 있습니다.

머리를 쓸수록 80세에도 신경섬유층이 증식 한다는
보고도 상기하기 바랍니다.

'이 나이니까 더 잘할 수 있는 능력' 들은 이렇게
많답니다.

당신의 노인은 몇 살부터인지 궁금합니다.

겨울은 겨울대로 좋다

사람의 한평생을 사계절에 비유한 건 참 재미있는
발상입니다. 봄 사춘기, 여름 청년, 중년 가을 그리고
겨울 칩거에 들어가는 노년.
지금 난 어느 계절쯤에 서 있을까? 이런 생각이 들
즈음이면 이미 가을이 무르익을 무렵입니다. 그만큼 봄,
여름은 깜빡하는 사이에 지나가 버립니다.
하지만 어찌 봄이 좋기만 하겠습니까. 봄은 봄대로 힘든
일들도 많습니다. 청춘의 방황, 번민, 갈등, 좌절….
가을도 좋은 계절입니다. 코트 깃을 세우고 걷기에도
좋고. 그리고 겨울의 가라앉은 아늑함.
우리 마을 정상은 스노우 하우스입니다. 자작나무로
둘러싸인 이곳은 사철 겨울입니다. 아늑해서 좋은
곳입니다.

나이 들어 다시 읽으니

청소년 때는 나 역시 제법 책에 빠져 들었지요. 실제로
그때가 그리운 유일한 이유는 그 시절의 황홀한
독서경험 때문입니다. 울기도 하고 울분도 하고 이
겁 많은 모범생이 가출까지.

하지만 이젠 나도 모르게 발동하는 비판적인 습관
때문에 영 책 속에 빠져들 수가 없습니다.

그런가 하면 20대에 읽은 모파상의 《여자의 일생》을
얼마 전 다시 읽으니 전혀 딴 소설이었습니다. 이게
성숙이 주는 맛일까요. '밤엔 책을 읽고 겨울엔 남쪽으로
간다' 던 T.S 앨리엇의 세계가 부럽습니다. 책, 사색
그리고 철 따라 좋은 곳으로 여행을 할 수 있다면….

사색의 마을에 오신 것을 환영합니다. 그리고
축하합니다. 내 삶이 영그는 소리를 들을 수 있습니다.

그 시절로 돌아가?

어쩌다 책상 서랍에서 발견한 옛날 편지 다발,
답장이나 했을까. 그들이 베풀어 준 정의에 얼마나
보답을 했을까. 다음에 하지. 또 게으름이 발동해 그만
까맣게 잊고 지냈으니, 나의 무신경이 얼마나 그에게
상처를 주었을까.

40대에도, 50대에도 돌아보면 부끄러운 일들이 너무
많습니다. 은혜도 모르고 그 교만 방자했던 시절로
돌아가고 싶진 않습니다. 그리고 나도 한때 젊었다는
사실도 잊지 않아야겠습니다. 그래야 후배들의
모자람에 관용적일 수 있을 테니까요.

우리 마을엔 원체험을 비롯해서 옛날의 향수나 추억을
회상하는 프로그램이 많습니다. 순수한 세계로
돌아가자는 취지에서입니다. 그러나 결코 오늘의 나를

후회하고 젊은 날을 애타게 그리워하는 마음에선

아닙니다.

. . . . !

새벽잠이 없으면

신문이 왔나? 괜히 대문을 들락거리고, 안 나오는
TV도 켜보고 담배나 물고 잔기침이나 해댑니다. 일찍
마감된 새벽잠이 부담이 되는 이런 분을 위해 좀
복잡한 계산을 해 보겠습니다. 노화 방지용으로!
새벽에 2시간 일찍 일어난다면, 한 달이면 60시간, 연
730시간의 여유 시간이 생깁니다. 책 한 권 읽는 데
5시간, 한 달에 12권, 연 146권. 이것만으로 당신의
인생이 달라집니다.
다른 계산법도 있습니다.
전문 분야를 마스터하는 데는 대체로 400시간. 따라서
연 2개 분야를 마스터할 수 있다는 계산입니다. 1년에
두 개 분야의 전문가가 될 수 있고 원한다면 2개의
자격증을 딸 수 있습니다. 제2, 제3의 인생 라운드를

준비할 수 있습니다.

출근을 두 시간 일찍 하면 텅 빈 전철에 앉아 책도 읽을

수 있으니 움직이는 도서관이 되고 실은 3시간의 여유

시간이 생깁니다. 이보다 더 큰 축복도 없습니다.

새벽잠이 없어 불만이라면 정말이지 당신이 인생을

사는 자세에 문제가 있습니다.

감동의 힘

빅터 프랭클, 그는 나치 시대 죽음의 포로수용소에서
살아남은 기적의 인간입니다.

비결? 의지가 강한 사람일거라고 생각하기 쉽습니다.

하지만 그의 관찰에 의하면 '아주 마음이 여린' 사람이
강하다는 것입니다.

동료의 시체를 파묻기 위해 삽질을 합니다. 손이
떨립니다. 땀을 훔치며 순간 바라본 황홀한 낙조, "아!
저길 좀 봐." 옆에 동료도 "어쩌면 저렇게 아름답지!"
이런 감성파가 살아남습니다.

그러나 "그게 무슨 대수야. 내일이면 우리가 묻혀야 할
참인데!" 이런 사람은 오래 못 갑니다. 찢어진 판자
사이로 달이 비치면 아! 하고 그 사이를 비집고
쳐다보는 사람, 길에 조약돌을 주워 들곤 보물처럼

귀히 여기고 간직하는 사람….

이런 하찮은 일에도 감동할 수 있는 여린 마음이 그

지옥보다 더한 역경을 견뎌 내게 하는 힘이 되다니!

인생에 감동 캠프를 마련하십시오. 찬찬히 여유만

갖는다면 어느 하나 감동적이지 않은 게 없습니다.

안 되는 재미로 치는 골프

골프장에 흔하게 굴러다니는 이야기입니다.

한 골퍼가 간절히 기도를 했습니다. 제발 자기 뜻대로

잘 맞게 해 주십사고. 그의 기도가 얼마나 간절했던지

어느 날부터 뜻대로 되기 시작했습니다. 그는 신이

났습니다. 함께 치던 동료들도 모두 감탄어린 부러운

눈으로 쳐다봅니다. 그는 우쭐했습니다. 다음 날도

계속 그랬습니다. 다음 날도.

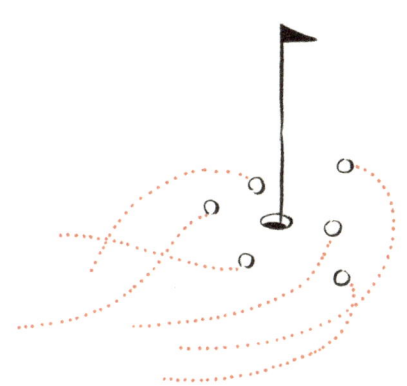

한데, 이건 또 무슨 사연입니까. 언제부터인가 골프가 재미없어지기 시작한 것입니다. 마음먹은 대로 다 되니 아슬아슬한 재미도 없고 그만 따분해지기 시작한 것이죠.

그는 다시 기도를 드립니다. 옛날처럼 되게 해 달라고! 또 기도대로 되었습니다. 마음먹은 대로 공이 가질 않습니다. 화가 납니다. 그래도 그는 게임을 즐기는 행복한 골퍼가 다시 되었습니다.

골프는 뜻대로 안 되는 재미로 치는 겁니다.

인생은 어떨까요.

느림의 마을, 부라

이태리 북부 작은 마을 '부라', '느림의 마을'로 알려진
곳이기도 합니다. 빠름의 현대 사회에 현기증을 느낀
나머지 좀 여유롭게 살아보자는 생각에서
출발하였습니다. 여긴 현대문명의 꽃인 차는 들어 올 수
없습니다.

그 흔한 패스트 푸드점도 없습니다. 손수 만든 요리를
느긋이 앉아 천천히 맛을 음미하며 담소를 즐깁니다.
마을 중앙의 첨탑 시계도 30분 느리게 갑니다.
지난 20세기는 빠른 변화와 속도의 신화가 지배한
시간들이었습니다. 쫓고 쫓기며 어디로 가고 있는지,
그래서 달려간 '그곳'엔 무엇이 있을 것인지, 미처
생각해 볼 여유도 없이 앞만 보고 달리기만 했습니다.
부라 사람들은 현명했습니다.

어느 유언장

'소생할 가망이 없거든 미련 없이 장기를 기증토록
해라. 다 떼어내고 더 쓸 게 없거든 가까운 의과대학에
시체를 기증해라. 장례는 따로 없다. 바쁜 사람들 불러
모아 폐를 끼치는 일이 없도록 해라. 시체 해부가
끝나면 해부제를 지낸다.

재 한 줌 얻어다 산에 뿌려라. 너희들이 정 서운하거든
작은 나무패에 이름을 새겨라. 산짐승이 걸려 넘어지지
않게 작게 만들어라. 너희들도 세상을 뜰 즈음이면
목패도 썩어 흙으로 돌아가겠지.

낙엽이 지면 썩어 뿌리로 가듯, 그리고 이듬해 새 싹을
위한 거름이 되게. 이것이 내가 생각하는 윤회요,
부활이다. 그리하여 작은 소아(小我)를 떠나 대우주의
생명 창조를 위한 대아(大我)로 승화되게. 세상에 큰

214

빚을 지고 살았느니라. 내 한목숨 부지하기 위해 자연

파괴도 서슴지 않았으니 죽어서까지 묘 터를 만들고 싶진

않다. 남은 재산이 많진 않을 것이다. 그간 나를

이만큼이라도 키워준 인류 사회에 모두 돌려드려라.'

나이는 숫자가 아니라 시작이다

'큰일을 하려면 이름이 없어야 하고, 돈이 없어야 하고,
나이가 없어야 한다.'
중국의 거인 모택동의 어록입니다.
이것도 이름이라고, 그것도 돈이라고, 행여 딴 짓 하다
이나마 날리면? 그만 소심해집니다.
'이 나이에?' '늙은 개에게 새로운 묘기를?'
이게 결정타 입니다. 그냥 현상유지, 새로운 일을
시작해 볼 엄두가 나지 않습니다.
이런 심리 상태라면 그 사람의 사회적 인생은
종언입니다. 어쩌면 그의 인생의 종말일 수도
있습니다. 뒤뜰 흔들의자에 앉아 지나간 추억이나
되씹거나 어쩌다 단골집 나들이가 고작이라면, 그 역시
똑같은 사람입니다.

아무것도 없던 젊은 시절을 생각해 보십시오. 무슨
일을 하든 잃을 게 없습니다. 명예? 인기? 돈? 밑져야
본전입니다. 잃을 게 있어야죠. 실패? 넘어지면 또
일어나지요. 이게 젊음의 특권입니다. 잘해야 본전과는
차원이 전혀 다릅니다.

당신이 몇 살이건 오늘 당장 새로운 걸 시작해 보는
겁니다. 신문도 새것으로, TV채널도 바꿔봅니다.
새옷을 입고 낯선 시장에 가서 안 먹던 음식을
먹어봅니다. 오래 못 만난 친구에게 전화도 하고
책방을 둘러보십시오. 영화관에도!

제일 좋은 건 여행입니다. 계획만으로도 흥분일색입니다.
젊음이란 나이가 아니고 새로운 일을 하느냐 않느냐에
달려있습니다.

우리 선 마을의 유래

왜 선 마을이냐고 묻는 사람이 많아 잠시 그 내력을
후일담으로 적어 둬야겠습니다. 내가 이 마을을 구상한
지는 족히 20년은 넘습니다. 물론 거기엔 의사라는 신분이
크게 작용한 것은 사실입니다.

프로이트, 빅터 프랭클의 영향도 컸습니다만 성균관
유생이셨던 아버지의 맑고 고매한 선비 기품이 내 정신의
바탕에 깔려있었습니다.

막상 터를 잡고 보니 마을 이름부터 지어야 했습니다.
우선 존경하는 신봉승 선생님께 간곡한 청을 드렸습니다.
그러는 사이 법정 스님과 소중한 시간을 갖게 되었는데
우리 마을 건립구상을 크게 반기면서 거기야말로
세상바깥집이라고 감탄을 아끼지 않았습니다. 난 속으로
그 이름이 좋겠다고 생각을 하고 스님 이야기는 빼고 주위

사람들 의견을 물어봤습니다. 모두들 좋다고 했지만 그 중 몇 사람이 저승 같다. 너무 불교적이라고 이의를 제기했습니다. 그러는 사이 신 선생이 정화원과 천희원 두 가지를 지어 보냈는데 정화원은 발음상 정화조가 연상되고 천희원이 좋겠다는 의견이었습니다. 한데 여기도 문제가 생겼습니다. 제호를 써주시기로 약속한 권옥연 선생이 왜 하필이면 중국연호냐고 안 된다는 겁니다. 절충을 해 보았지만 안 되었습니다.

결국 법정 스님, 신봉승 선생 그리고 선비 아버지의 기품을 고루 갖춘 선(仙)으로 했습니다. 속세를 떠난 자연 속에 맑고 깨끗하며 무병장수하는 '선'이 우리 마을에 딱 맞는 상입니다.

선 마을은 이런 곳입니다

우리 마을은 홍천 산골 깊숙이 있어 밖에 전쟁이 나도
모를 곳이며, 풍수지리상으로도 천하 명당이라고
합니다. 천지인 뜰에 서면 좌청룡, 우백호가 힘차게
뻗어 있고 남주작 위 안산은 머리를 조아려 안녕을
비는 형국이며, 또 음곡 형상이어서 부귀다산 하는
지형입니다.

이 골짝은 물도 많고 농사도 잘 되고 산나물도
풍부해서 예로부터 장수촌으로 알려진 곳입니다. 한때
10여 가구가 살았던 논밭 집터가 그대로 남아 있어서
그 위에 우리 마을이 들어섰습니다.

설계는 세계적인 건축가 승효상이 그의 건축 철학
'빈자의 미학'을 그대로 실현했습니다. 시공은 단순
소박의 미를 강조하는 K&T 권명안 사장이

맡아주셨습니다. 두 분 모두 우리 마을의 창립 이념을
완벽하게 구현해 주셨습니다. 자연 그대로, 나무 한 그루
다치지 않게 애써주셨습니다. 더구나 파격적인 조건으로
완공시켜 주셨으니 우리 모두의 감사와 존경이 후대에도
길이 전해지리라 확신합니다. 조경은 있는 그대로입니다.
다만 계절의 아취를 살리자는 빈 디자인 최성호 님의
아이디어대로 입구는 봄, 천지인 뜰은 여름, 숙소는 가을
그리고 맨 위는 겨울을 주제로 한 정원을 만들어 가고
있습니다. 원시적 자연과 절제된 문명의 조화, 숲 속의
오두막이 모두의 마음에 들었으면 하는 바람입니다.

재미없는 곳

TV, 비디오, PC도 없는 곳. 그 흔한 노래방도 없거니와
도대체 오락 시설이라고는 아무것도 없는 참으로
더럽게 '재미없는 곳' 입니다. 고맙게 핸드폰도 터지지
않습니다. 빌 게이츠가 말한 일체로부터 단절된 지상
최고의 휴가(Ultimate Luxury Vacation)가 될
것입니다. 얼키설키 바쁘게 쫓기는 현대인에겐 해방의
참맛을 느낄 수 있습니다.

도심에 넘쳐 나는 것이 재미요 흥분, 스릴, 신나는
일인데 굳이 여기에서까지? 여기에선 뭔가 색다른
일상을 경험해 보는 것도 전지요법의 중요한
기능입니다. 도심의 흥분된 머리를 잠시 식혀보자는
겁니다. 공격적이고 경쟁적인 교감신경, 놀아드레날린,
엔돌핀, 스트레스, 이 모두를 벗어나 한 박자 느리게

조용히, 부교감 신경, 이완, 세로토닌 모드로 바꿔보자는
뜻입니다.

밤새 광란의 장을 연출하는 것만이 스트레스 해소는
아닙니다. 조용히 어슬렁거리며 한 템포 늦춰보는 것도
흥분일색의 뇌를 식히고 진정시키는데 큰 몫을 합니다.
잡다한 자극으로부터 그리고 전자파로부터의 해방도 누릴
수 있는 이 느긋함. 한 번 맛보면 잊을 수 없는 진정 멋진
휴식이 됩니다. 동(動)과 정(靜)의 균형도 생각하면서….

식당이 왜 이리 멀어?

식당이 왜 이리 멀지? 밥 한 끼 먹기가 이렇게
힘들어서야 원! 하긴 이런 불평은 설계자도 그랬고
시공자도 그랬습니다. 그래도 우리가 우긴 데에는
그래야 할 까닭이 있습니다.

현대 도시인은 걷지 않습니다. 기껏 5천 보도 안됩니다.
그나마 지위가 높아질수록 2천 보가 안 된다는
보고입니다. Door to Door 족은 더 할 말이 없습니다.
옛사람은 언덕길을 하루 3만 보를 걸었습니다.
전문가들은 하루 만 보는 걸어야 한다는데 우리 생활은
어떻습니까?

한 블록도 차를 타고 가야 하는 극성파도 있습니다.
거기에다 우리는 지금 계단공포증에 걸려 있습니다.
지하철 러시아워엔 에스컬레이터 앞에 긴 줄이

늘어섭니다. 옆에 넓은 계단은 텅 비어 있는데. 우린 거의 무의식중에 계단을 피하는 버릇이 있습니다. 계단을 오르내리면 무슨 큰일이나 날 것 같은 부담감을 느끼는 것 같습니다. 우린 너무 편이와 쾌적함에 빠져있습니다. 해서 우리 몸이 말이 아니게 약해졌습니다.

걷는 것보다 더 좋은 약은 없습니다. 더구나 게으른 현대 도시인에겐 가히 만병통치약입니다. 우리 마을에선 아무래도 편하긴 글렀지요. "아무리 편하고 싶어도 하루 세끼 밥 먹으러 내려는 와야겠지." 이것이 우리의 치유적 계산이라면 좀 고약한 심보인가요?

227

알아서 먹기

선 마을 식단은 풀무원에서 운영관리합니다.
영양전문의사, 영양사, 요리사 등이 엄선된 식자재를
써서 마련되는 건강 밥상입니다. 이들이 끼니마다
오늘의 메뉴에 대한 토막강의를 합니다. 그러나 여기는
병원 식당처럼 엄격한 식사제한은 없습니다. 이곳
식당은 자율적인 뷔페식입니다. 자율적인
식습관이라야 오래 가고, 가장 건강하고 효과적인
다이어트이기 때문입니다.

생활 습관병은 만성 질환입니다. 자기가 알아서
조절하지 않는 이상 잘 고쳐지지 않습니다. 물론 발병
초기엔 입원을 하고 모든 식단이나 처방도 의료진의
지시에 따라야 합니다. 그러나 일단 퇴원하면
그때부터는 본인이 책임지고 조절해야 합니다. 본인이

주치의가 되어야 하니까요.

참 아이러니컬한 것은 맛이 좋은 것은 건강에 나쁘고 먹어서 안 좋은 것은 더 먹고 싶고, 이는 환자일수록 더 합니다. 그래도 이건 내 책임입니다. 가족이나 의료진은 전체적인 지원을 할 따름입니다. 구체적인 실천자는 본인입니다.

우리 마을에 오면

정좌를 하고 허리를 펴고 눈을 감아 보십시오. 호흡이
편안해집니다.

이렇게 편안한 휴식 상태가 되면 호흡은 1분에 20회,
맥박 70, 신체활동 주기 90분, 혈당치 100, 식후 6시간
후엔 배가 고프고…. 이런 생리적 리듬에 따라 살면
우리 뇌 속에 쾌적 평화 호르몬이 분비됩니다.

인간은 누구나 본능적으로 이런 상태를 추구합니다.
불행히 하루에도 몇 차례씩 평화로운 균형이 깨지곤
합니다. 숲 속의 원시인은 바스락 소리에도 교감
신경이 흥분합니다. 호흡과 맥박이 빨라지고 입에 침이
마르고 머리가 쭈뼛합니다.

토끼면 따라가 잡아야 하고 사자면 달아날 준비를 해야
합니다. 싸우거나 달아날 방어 반응(fight or flight

response), 이것이 개체 보존의 본능입니다. 이제 도시엔 사자 걱정을 할 일은 없어졌지만 그보다 더 무서운 차도 있고, 사람도 있습니다. 멀리서 들리는 클랙슨 소리에 민감한 것도, 소음 공해가 가장 악질인 이유도 이해가 됩니다. 행여 무슨 일이? 도시의 생활은 긴장일색입니다. 이런 상태가 오래 지속되면 우리 몸이 어떻게 되겠습니까!

아! 이 세상 어딘가에 모든 긴장이 스르르 풀리는 그런 곳이 있었으면….

우리는 여기 선 마을에 현대인이 그리는 이상향을 만들고 있습니다.

natural being

우리 마을의 에센스입니다. 우리가 이 깊은 산골까지
찾아 온 것도 그래서입니다. 인간은 자연과 함께 있을
때 가장 느긋하고 편안합니다. 가장 행복하고 그리고
건강합니다. 자연과 멀어지면서 우리의 건강도 안녕도
함께 멀어져 가버렸습니다. 자연의 순리에 역행하는
도시의 생활습관이 우리의 건강을 망치고 있습니다.
인공적이고 인위적인 모든 반자연적인 것은 건강을
해치는 것입니다.
특히 사람이 만든 일체의 화학제품은 가장 악질입니다.
그렇다고 마의 도시를 떠난다는 것도 현실적으로 쉽지
않으니 틈틈이 잃어버린 자연성을 회복하는 데 각별한
관심을 가져야겠습니다.
요즈음 유행인 웰빙 붐도 따지고 보면 자연성의

회복입니다. 육식을 줄이고 무공해 자연식, 차를 타지
말고 걷고 달리고…. 수만 년 인간이 살아온 자연스런
모습입니다. 그렇게 생활하자는 겁니다.
하지만 도심에서 하는 웰빙에는 한계가 있습니다. 숲 속
우리 마을은 자연 속의 웰빙, 'natural being'을 실천할 수
있는 마음의 고향입니다. 완전한 웰빙입니다.

창조가 샘솟는 곳

선 마을에 오면 새로운 아이디어가 절로 떠오릅니다.
평범한 도심의 일상에선 느껴 볼 수 없는 새로운
생각들이 떠오릅니다. 오솔길에서, 숲 속에 홀로 앉아,
아니면 호젓한 달빛 아래서…. 참신한 생각들이
떠오르는 것을 누구나 느낄 수 있습니다.

무엇보다 오감이 열리기 때문입니다. 도심의 짜증에
억눌려 있던 오감이 활짝 열리면서 인간의 원초적
감각, 순수한 감성이 되살아나기 때문입니다. 모든 게
새롭게 다가옵니다. 여기에서는 경쟁적인 좌뇌 활동을
할 필요가 없어집니다. 따라서 감성적, 이미지적,
창조적 우뇌가 활짝 열리게 됩니다.

그뿐만이 아닙니다. 우리 DNA에는 30억 개도 넘는
정보가 담겨 있지만 평소에는 다 쓰지 않습니다.

특히 경쟁적 도심의 생활에선 오직 비상시 정보만
쓰입니다. 그러나 환경이 바뀐 여기에서는 순수하고
아름다운 인간적 정보가 활동하기 시작합니다.
매너리즘에 빠진 뇌가 새로운 자극으로 넘쳐나 새로운
창조가 가능해지는 것입니다.
숲은 인간의 원초적 고향입니다. 많은 작가와
예술가들이 이곳을 찾는 이유가 이해되었으면
좋겠습니다.

감성 일깨우기

'잃어버린 달을 찾아드립니다. 별을, 은하수를, 하늘을,
낙조를 다시 돌려드립니다.'
아! 그랬지하고 절로 탄성이 나올 것입니다.
우리 마을엔 한 달에 열흘은 달빛만으로 생활합니다.
음력 7, 8일이면 달이 제법 밝아 길 찾아다니는 데
아무런 지장이 없습니다. 그로부터 열흘간 우리 마을
전체엔 불빛이라고는 없습니다.
달빛 아래 산책, 사색은 이곳이 아니고는 맛 볼 수 없는
아련한 정경입니다.
하늘이 맑은 밤에는 천지인 뜰에 누워 별 이야기도
듣게 됩니다. 하늘에 떠가는 구름, 물소리, 바람소리.
오감이 열립니다. 도심의 아스팔트에 찌들었던 감성이
다시 살아납니다.

그간 우리 심성이 얼마나 황폐했던가를 실감하게
됩니다. 우린 너무 이성, 지성을 혹사하고
살아왔습니다. 우리가 이성적이면서 동시에 감성적,
감각적 동물이란 사실을 일깨워야 합니다. 머리가
아니라 가슴입니다. 지성과 감성의 균형이 잡혀야
합니다. 감성의 자극, 이게 전두엽을 젊게 하는
비결입니다.

희망이 있는 한 우리는 젊다

호기심, 신선감, 도취, 황홀, 감상, 열정, 도전….
희망의 눈으로 세상보기를 멈추지 않는 한 우리에게
늙음은 없습니다. 거기다 지적자극!
프린스턴 대학팀의 놀라운 연구가 이를 증명하고
있습니다. 나이에 관계없이 이런 사람에겐 매일 수천
개의 새로운 뇌 세포가 형성되고 있다고 합니다. 우리
마을에서 만든 Index Romantica를 체크해 보셨나요?
몇 점이었나요?
낙조를 바라보며 눈물 흘려 본 적이 언제입니까?
풀벌레 울음에 발걸음을 멈춘 적은? 하염없이 구름을
바라 본 적은? 나무 둥지를 안아보세요. 흙을 만져보고
바위에 앉아 보고. 탐스런 사과를 한 입 가득 물어
보세요. 갓 구운 빵도.

젊은이의 땀 냄새, 운동장의 열기, 질펀한 시장길, 주말
심야 극장, 역사 모임, 미술관, NGO 사무실, 서커스….
이게 생활의 멋을, 악센트를, 재미를 그리고 우리를
젊게 지켜 줍니다.
이게 가장 효율적인 전두엽 관리법입니다. 전두엽이
늙으면 진짜 노인이 됩니다. 잔잔한 감동에 취하는
순간, 세로토닌 분비가 왕성해져서 황홀감에 빠지게
됩니다. 감성이 일렁이는 프로그램. 이것이 우리
마을의 하이라이트입니다.